Marcelo Moutinho

O último dia da infância

Todos os direitos desta edição reservados à Malê Editora e Produtora Cultural Ltda.

Direção: Francisco Jorge & Vagner Amaro
Foto de capa: Arquivo pessoal do autor
Capa: Leonardo Iaccarino
Diagramação: Maristela Meneghetti
Revisão: Luís Henrique Oliveira

Texto revisado segundo o novo Acordo Ortográfico da Língua Portuguesa.
Proibida a reprodução, no todo, ou em parte, através de quaisquer meios.

```
Dados Internacionais de Catalogação na Publicação (CIP)
              (Câmara Brasileira do Livro, SP, Brasil)

   Moutinho, Marcelo
      O último dia da infância / Marcelo Moutinho. --
   Rio de Janeiro : Malê Edições, 2024.

      ISBN 978-65-85893-28-2

      1. Crônicas brasileiras I. Título.

   24-237772                                      CDD-B869.8
              Índices para catálogo sistemático:

      1. Crônicas : Literatura brasileira    B869.8

      Eliane de Freitas Leite - Bibliotecária - CRB 8/8415
```

Editora Malê
Rua Acre, 83, sala 202, Centro. Rio de Janeiro (RJ)
www.editoramale.com.br
contato@editoramale.com.br

Para a Lia, sempre.

"Vamos admitir que haja o último dia da infância. Quanto à minha, tenho a impressão de que não houve. Quase sempre fui um velho, eu que ainda sou menino. Mas vamos admitir que tenha havido esse último dia."

Antônio Maria

"Foge, foge para o espanto da solidão, pousa na rocha, estende o ser ferido em que o seu corpo se aninhou: tua asa mais inocente foi atingida. Mas a cidade te fascina."

Clarice Lispector

SUMÁRIO

Mãe – Um tríptico ...9

Janelas acesas de apartamentos
A tristeza como um pássaro ...19
Cronista à janela ...21
Cidades fantasmas ...25
O Deus das crianças ...29
Dicionário amoroso ...33
O ronronar do Outono ...37
Flicts, Marcelo, Gildo e o Monstro das Cores ...41
Bodas de sangue ...45
A ciranda de Lia – Oito anos em dez atos ...49
Futebol de botão ...53
Feliz e triste ao mesmo tempo ...57
Receita de leitor ...61
Material escolar ...65
Hilda Hilst ao telefone ...67
Lia e a camisa canarinho ...71
Mostra o seu que eu mostro o meu ...73
A volta da Loura do Banheiro ...77
Um sanduíche dormido e o Jabuti na mochila ...81

A cidade foi feita para o sol

Rolezinho em Madureira 87
Mapa íntimo 91
O Galo de Botafogo Oriental 95
A palavra em campo 99
Pisar no chão devagarinho 105
Fim de tarde no Bar Brasil 109
O homem autoajuda 113
Feijão com nome de porco 117
Ótimo bar ruim 119
Romeu e Julieta 123
Seu Nonô e o Pão-Duro original 127
Café Brasilero 131
A Bahia tem um jeito 135
João do Rio no Baile do Passinho 141
Rua do Ouvidor, 37 145
Mulher ao sol 149
O misterioso sumiço do Galo de Botafogo 153
A Odisseia no boteco 157

Estrela da Vó Guida s/nº 161

Mãe – Um tríptico

1.

O café expresso acabara de ser servido pela atendente da Kopenhagen quando o telefone tocou. Do outro lado da linha, Flávia, a irmã caçula. Não me recordo com exatidão da hora que o celular marcava naquele 23 de dezembro de 2016. De todo o resto, sim. Eu, minha então companheira Juliana e Lia, que mal completara um ano, aguardávamos o embarque no aeroporto do Recife. Após alguns dias de férias na praia, voltávamos ao Rio para o Natal, o primeiro de Lia com avó paterna.

Flávia estava aflita. Desde a manhã, tentava contato com nossa mãe, que fora à Praça Saens Peña trocar um presente. Havia a notícia de um atropelamento por lá.

— Onde você viu isso? — perguntei, sem gravidade.

Ela respondeu que soubera alguns minutos antes, numa página dessas de alerta no Facebook. E que a pessoa não tinha identificação ainda.

Tentei tranquilizá-la, lembrando que nem sempre a mãe atendia ao celular.

— Ela é desligada, de repente perdeu a hora em meio às compras — disse. — Vamos esperar um pouco. Se não der retorno, você liga para a delegacia do bairro. Não tenho muito como ajudar daqui porque embarco em alguns minutos.

Desliguei o telefone, paguei o café. Juliana perguntou o que tinha acontecido. Expliquei resumidamente. Do alto-falante, a voz convocava os passageiros do voo entre os aeroportos de Guararapes e Santos Dumont. Recolhemos as malas de mão e começamos a nos movimentar rumo à baia de embarque. Então o celular, novamente. Agora, o nome que piscava na tela era o da Lilian, nossa outra irmã.

— Marcelo...

O choro afogava as palavras, esticava as reticências. Minha mãe, o atropelamento na Saens Peña, bastou ligar os pontos. Lia não passaria mais o Natal com a avó.

2.

No livro *A mãe*, o jornalista e escritor português Hugo Gonçalves narra a viagem geográfica e memorialística que iniciou após receber, às vésperas de completar 40 anos, o testamento do avô materno. Hugo perdera Rosa Maria ainda menino, como conta logo na primeira das 182 páginas embebidas de dor, beleza e melancolia.

O câncer venceu-a rapidamente. No imaginário do garoto, Luke Skywalker, o Homem-Aranha ou Thor, com seu martelo, talvez pudessem deter a doença. Seu irmão, um pouco mais velho, fazia promessas enquanto jogava *Pac-Man*: "Se passar deste nível, a mãe não morre". E no entanto.

O exíguo período de convivência — foram apenas oito anos — abre espaço para muitos "talvez" ao longo do livro. Como adivinhar o que os outros foram num tempo que já não existe? Como saber o que alguém que já partiu faria em tal situação? Como guardar a voz de um morto tão longínquo?

Em *Tabu da morte*, o antropólogo José Carlos Rodrigues explica que a consciência não consegue pensar o morto como morto e, assim, não pode se furtar de lhe atribuir uma certa *vida*.

Essa *vida* que Hugo confere à mãe soma as parcas memórias de infância a descrições do pai, dos tios, da avó. É um mosaico embaçado. "Hoje não tenho um só objeto que ela tivesse tocado", diz.

É também da morte materna que trata *Lili — novela de um luto*. No livro, lançado quase em paralelo ao texto do autor luso, Noemi Jaffe relata seus primeiros dias sob o impacto da perda.

Lili viveu até os 93 anos. O apreço por joias baratas e lencinhos de papel, o hábito de usar a palavra "doce", manias, costumes, tudo isso está inventariado pela filha no sucinto volume. O longo convívio cravou fundo os gestos, que após a morte ganham novo verniz. Noemi menciona uma espécie de "tato". Sob o efeito da morte, as coisas parecem "mais pegáveis". "Minha mãe se tornou um roçar", resume.

Rosa Maria, 32 anos. Lili, quase centenária. Duas mães tão distintas, duas histórias igualmente díspares. Duas dores. Porque uma dor não ensina nada sobre outra dor. Cada qual tem sua própria escuridão.

3.

Ao pousar no Aeroporto Santos Dumont, após três horas e meia de viagem em completo silêncio, ficou claro para mim que as estrelas não seriam retiradas, ou a lua empacotada, ou o oceano esvaziado, porque minha mãe morreu. Os versos do poema de W. H. Auden soavam mais distantes à medida que o mundo se impunha.

Apurar quem, em meio à família, teria a coragem de reconhecer um corpo esmagado pela trombada do ônibus, organizar o velório, avisar as pessoas do enterro em plena véspera do Natal.

"A vida continua, claro, mas agora *com* a morte, com a morte dela, e não apesar ou além disso", observa Noemi. Seja Lili, Rosa Maria ou Margarida, minha mãe.

É curioso pensar que, ao longo de seus 79 anos, ela evitou mencionar a palavra "câncer" — dizia "aquela doença", talvez no afã de afastá-la. Mas nunca houve interdito para "atropelamento". Este que levou sua filha Sandra, quebrou as costelas da mais velha Mary, que poria um ponto final na própria existência.

Assim como Hugo, não pude ver o corpo que autentica a morte. Não havia condições, dado o estado dos órgãos. Velamos um caixão fechado.

Por insistência minha, mantivemos a ceia marcada para a casa da Flávia, no dia 24. Distribuímos os presentes que a mãe havia comprado para os filhos e netos. Ela adorava o Natal.

Talvez a perda dos pais seja o último dia da nossa infância — aquele de que falava, com certa descrença, o cronista Antônio Maria.

Mas se a dor pode ser solipsista e egocêntrica, a minha, tão particular, é solidária. Não me machuca tanto o impedimento de estar com minha mãe por mais alguns anos, de festejar seus oitenta, e sim o tempo que ela não teve com a neta. A impossibilidade de acompanhar o desenvolvimento da fala, a troca de dentes, as primeiras palavras escritas. De procurar as conexões que tecem o fio capaz de nos sustentar diante do abismo.

Nos últimos dias daquelas férias no Nordeste, publiquei uma foto de Lia com seu maiô, toda-toda, sentada na areia, rodeada de baldes, moldes e pás. Minha mãe logo me mandou uma mensagem falando que a netinha dela gostava de praia, que nem a avó. Disse ainda que, quando menina, saía de Madureira com as primas para ir até a então desértica Barra, na boleia de um caminhão. Prometeu contar essa história na noite da ceia.

Em dada passagem de seu livro, Noemi pondera que, se o morto deixa parte dele com quem fica, é preciso entender que também leva consigo uma parte nossa. Não consegui ainda definir que parte minha está lá, com a mãe. Há breves vislumbres da que ficou. Mas é Lia, que mal a conheceu, quem traz os ecos mais fortes da avó. No gosto pelo cor-de-rosa em qualquer tom, por ornamentos e roupas espalhafatosas, pelas coisas brilhantes que o pai costuma repelir.

Até hoje, toda vez que tomo um café expresso na Kopenhagen, o dia 23 de dezembro de 2016 retorna. Posso ouvir, ao longe, o toque do celular, o som grave da chamada de embarque para um voo que nunca chegou, nem chegará. Mas a imagem da mãe — feliz, altiva — se refaz nesses pequenos afetos da minha filha. Como se a morte revelasse seu paradoxo: ser uma falta dentro da presença, uma bolha no interior do cristal; uma afirmação da vida, por fim.

Janelas acesas de apartamentos

A tristeza como um pássaro

Num dos poemas do livro *Vívido*, publicado em 1997, Pedro Amaral fala da tristeza como um pássaro. Não qualquer tristeza, mas aquela que, repentina, nada é capaz de animar ou aplacar. Que "não é amarga, não tem ranço/ não empesta o ar nem arrasa". E bate as asas, casa adentro, sem saber como escapulir.

Penso nos versos de Amaral ao ver o pássaro à minha frente, aflito, colidindo com as paredes brancas do apartamento. Não sei como entrou aqui, se num voo sem mira, uma desorientação passageira, simplesmente por cansaço. Em meio ao calor opressivo, sinto o vento glacial que se desprende do movimento de suas pequeninas asas. Não há alívio, contudo.

Em *Saturno nos trópicos*, o médico e escritor Moacyr Scliar parte da Peste Negra que devastou a Europa no século 14 para tratar da relação entre pandemia e melancolia. Peço perdão pela rima inevitável e sigo em frente. "A peste é, inquestionavelmente, uma doença. A melancolia às vezes é doença e às vezes não é", pondera Scliar.

Mas assim como a peste, adverte ele, a melancolia pode se disseminar. Uma espécie de "contágio psíquico", que domina a conjuntura emocional "em um grupo, um lugar, uma época".

No começo de 2020, a morte nos cercou. É claro que, se pensarmos de forma pragmática, ela sempre esteve conosco. Em algum momento, iremos ao seu encontro, ainda que contrariados. Mas essa presença costumava ser mais etérea.

A pandemia banalizou a morte. Ficamos todos, por dois anos, flutuando no espaço, imersos no vácuo da gravidade zero.

À medida que a vida se recompôs, devagar, buscamos o oxigênio. Hoje há vacinas, morre-se muito menos de Covid-19, mas as perdas e a experiência da solidão estão inexoravelmente inscritas na pele.

Não conheço quem tenha atravessado esse vasto inverno sem marcas. Fobias, paranoias, crises de ciúme, depressão. Ou, como nos versos da Adélia Prado, haja perdido em algum momento a poesia. Olhar para a pedra e ver só pedra mesmo.

Entre altos e baixos, vamos levando. Estamos vivos, afinal.

Às vezes, essa flor dúbia que é o mundo nos oferece sua pétala mais delicada. Um cafuné. Então o pássaro invade novamente a casa. Refaz seu revoar estabanado e buliçoso pelos cômodos, à procura de uma saída. Deixemos as janelas abertas.

Cronista à janela

Uma das perguntas que mais tenho ouvido desde a eclosão da Covid é: como fica o cronista em tempos de pandemia? A questão procede. Sobretudo para aqueles que costumam praticar o doce esporte da flânerie, a impossibilidade de andar despreocupadamente pelas ruas impõe um revés que, além de anímico, é criativo. Imaginemos Charles Baudelaire sem poder esticar as pernas pelos boulevares parisienses ou João do Rio recolhido à sua casa na Avenida Meridional, atual Vieira Souto, longe das vielas e das tensões do Centro carioca. Cito propositadamente os dois escritores. Tanto um quanto o outro exerceram, cada qual a seu modo, a arte de explorar o espaço urbano a partir de longos passeios. "Para o perfeito *flâneur*, para o observador apaixonado, é um imenso júbilo fixar residência no numeroso, no ondulante, no movimento, no fugidio e no infinito", ressaltou o autor francês. Sob essa perspectiva, o cronista seria um indivíduo errante. Aquele que, estando fora de casa, sente-se em casa; que se põe no centro do mundo, mas permanecendo oculto. O *flâneur* é quase sempre um ingênuo, dizia João do Rio. Detém-se "diante dos rolos", do balão que sobe ao meio-dia no Castelo, das bandas de música que tocam nas praças, quer saber a história dos boleiros. Um eterno "convidado do sereno".

Mas e se a rua virou um interdito? Da varanda, observo as vilas da Álvaro Ramos. À esquerda, a mata que divide os bairros de Botafogo e Copacabana parece mais densa. Dois prédios altos se destacam na paisagem — são intrusos numa planície de construções baixas e tetos de telha. O Cristo Redentor está encoberto por nuvens esparsas, mas faz sol. Um vizinho escuta Roberto Carlos, enquanto o zelador atravessa a garagem com a vassoura à mão. Ele hesita e para por um instante ao ver que um carro se aproxima. Há pouco, passou o vendedor de pamonha, deliciosa pamonha. Na sacada de uma das casas, a mulher recolhe as roupas que descansavam no varal.

A calmaria da manhã cobre com uma capa de normalidade o país que queima em UTIs, CTIs, CPIs. Dentro dos lares, embora machucada, a vida continua. Precisamos vencer os dias, fazer essa pequena revolução que é não perecer.

Penso nos colegas de ofício, meus contemporâneos, e concebo possibilidades. Antonio Prata explorando cada palmo do quintal com os filhos, Olívia e Daniel. Luís Henrique Pellanda, à espreita, de olho nas duas gatas pretas. Tati Bernardi a mapear o quarto enquanto retoma o oxigênio. A praia de Iracema projetada nos vidros do apartamento de Socorro Acioli. Joaquim Ferreira dos Santos ouvindo canções antigas na vitrola. Leo Aversa defronte à TV que transmite o jogo do seu, nosso, Fluminense. Xico Sá espantado com a notícia do meteoro no céu do Ceará. Henrique Rodrigues cavoucando o riso possível num solo de tristezas. Edu Goldenberg a recordar histórias do pai. Ana Paula Lisboa e o espelho que reflete uma menina de roupas coloridas na Favela da Maré.

Talvez a imaginação seja mesmo a rua onde o cronista pode, por ora, caminhar.

Cidades fantasmas

Naquela tarde de 2017, acelerei ao máximo as tarefas no trabalho para escapar antes do horário costumeiro e não perder a sessão do Festival É Tudo Verdade. Peguei o metrô no Centro, em quinze minutos chegava a Botafogo. O filme, para o qual o ingresso havia sido comprado de antemão, era *Cidades fantasmas*. Um documentário sobre quatro municípios abandonados: Humerstone, no Chile; Armero, na Colômbia; Fordlândia, no Brasil; e Epecuén, na Argentina.

Na tela do cinema, os planos fixos expunham hotéis, fábricas, casas inabitadas. A inutilidade das construções ampliava o vazio, como se o silêncio pudesse, paradoxalmente, gritar. Recém-saído de uma longa relação, cercado por quase ninguém na sala, eu também era uma cidade despovoada.

Os locais escolhidos por Spencer Tyrell, diretor do documentário, carregam relatos trágicos. A erupção de um vulcão dá cabo de Armero. Humerstone sucumbe ao fim do ciclo do salitre. Epecuén é coberta pelas águas de uma represa mal arquitetada. Já

Fordlândia, que o empresário Henry Ford construiu na selva paraense como um projeto da Companhia Ford Industrial do Brasil, foi simplesmente enjeitada pelo próprio. À decadência econômica sobreveio a vazante.

Nascido em Uruguaiana, na fronteira do Rio Grande do Sul, Tyrell confronta as desérticas imagens com lembranças dos antigos moradores. É no discurso deles que, por alguns momentos, a paisagem ganha pulsação. A palavra recompõe brevemente o movimento capaz de transformar o que era apenas expressão geográfica em uma localidade com "sentimentos, tradições e uma história sua" — cito aqui o antropólogo Robert Ezra Park, investigador dos vínculos entre o indivíduo e o espaço urbano.

Passados quatro anos desde aquela tarde no cinema, me vejo de volta ao Centro. Refaço o trajeto entre a Avenida Marechal Câmara e a Cinelândia. As lojas, os restaurantes, as lanchonetes têm suas portas de ferro fechadas. As luzes estão apagadas em repartições, salas, escritórios. Aqui e ali, placas de aluga-se, passo o ponto. Um grupo de mendigos dorme sob a marquise.

As cenas do filme então retornam, reverberam na massa disforme da memória. A essa altura, já na Avenida Rio Branco, me aproximo do Edifício Marquês do Herval. Lá estão as livrarias Leonardo da Vinci e Berinjela, resistindo ao ocaso. Penso em Drummond, que homenageou a Da Vinci com um poema. Dizia ele que tudo o que acontece em uma cidade retumba com maior ou menor intensidade, fisicamente, no peito de seus moradores. Quatrocentos mil brasileiros mortos; quarenta e três mil desses, no Rio de Janeiro. E o coração do Centro parou.

"Se a rua é para o homem urbano o que a estrada foi para o homem social, é claro que a preocupação maior, associada a todas as outras ideias do ser das cidades, é a rua", escreveu João do Rio, outro autor versado na experiência urbana. Mas o presente se impõe, alheio. Sem cerimônia, esfriou o magma que, ao juntar entusiasmo, insurgência, raiva, deboche, júbilo, expectativa, fazia das ruas do Centro muito mais do que mera pavimentação. Restam seus ossos, pequenos sedimentos já quase ressequidos.

O Deus das crianças

Antes a escolha do plano, da luz, da pose, de cada detalhe, era prévia. A razão, essa danada, estava no bolso. Tínhamos o máximo rigor já no instante de fotografar porque o filme custava caro. A revelação, mais ainda. Desde que as câmeras migraram para os celulares, a ordem das coisas mudou. A gente simplesmente senta o dedo no clique e depois, se der, é que seleciona as imagens para a posteridade.

Nossas galerias viraram uma barafunda que junta aquela incrível foto em *plongée* de Machu Picchu com retratos tremidos feitos na pista de dança, após três caipirinhas e cinco cervejas. Mas a memória do telefone, assim como a nossa, trabalha com limites. E quando chega o aviso sobre a iminente falta de espaço, é preciso aniquilar parte da história acumulada.

Foi o que fiz na semana que terminou. Por quase uma hora, eliminei os *bytes* que traziam lentidão ao aparelho e impediam o armazenamento de arquivos novos. A lixeira, depois esvaziada, recebeu prints inúteis, vídeos mal-ajambrados e fotos cujo contexto se perdeu. Um processo de depuração que trouxe, como efeito colateral, a imersão no passado recente. Aquele x-tudo temperado de alegria, dor e aleatoriedades.

Mas a dor não some ao apertar o botão delete e, quanto às aleatoriedades, bem, o vocábulo se basta. Então falemos de alegria. Das imagens de Lia com a boca suja de sorvete de açaí, dando os primeiros passos, cantando "Seu Lobato", enquanto o balanço refaz o movimento da vida. Nossos concursos de careta e as dancinhas ridículas da época em que ela ainda não conhecia a palavra vergonha.

Quando a triagem estava próxima do fecho, com a graça do espaço livre enfim alcançada, me deparei com um curto vídeo que gravamos durante a pandemia. São pouco mais de dois minutos. Ao piano, manejado em todo o meu mau jeito, toco a música "Fico assim sem você", sucesso do repertório de Claudinho e Buchecha. Lia tenta acompanhar com a voz. Erra a entrada, reclama que confundi os versos, me corrige.

"Avião sem asa/ Fogueira sem brasa/ Sou eu assim sem você", canto olhando para ela, que hesita entre mirar meu rosto ou câmera do celular. "Futebol sem bola/ Piu-Piu sem Frajola/ Sou eu assim sem você", a letra segue e, aos poucos, se dá o encaixe. O que era discrepância, embate entre verso e melodia, transforma-se em coesão. Há, claro, o desafino de um e de outro, mas tudo passa a soar insolitamente harmônico.

Menos o tempo, que salta com fúria e expõe seus vestígios. Os dentes de leite, a voz que ainda procura o tom. Uma camisa que ela adorava e hoje veste outra criança.

Salvei o vídeo no drive e, ao terminar a limpeza dos arquivos, compartilhei no Instagram. Várias pessoas curtiram, algumas comentaram. Então recebi uma notificação. Referia-se ao post que acabara de ser feito pela crítica gastronômica Constance Escobar. Fui checar na mesma hora. A foto expunha um manuscrito. Em caligrafia miúda e bem desenhada, estava a letra de "Mané Fogueteiro".

Sim, a canção composta por Braguinha que estourou nas paradas em 1934 com Augusto Calheiros e, mais tarde, seria regravada por Maria Bethânia. "Lá pelos meus seis ou sete anos de idade, meu pai tocava essa música no violão, enquanto eu cantava com ele, sentada no sofá", relata Constance no tal post. Uma lembrança que, logo eu descobriria, reacendeu dentro dela após ver o vídeo em que dueto com Lia.

Constance conserva esse manuscrito desde bem jovem. E conta que foi dado ao pai dela — ninguém menos que o compositor Guinga — pelo tio-avô. Um dos comentários no post é do próprio Guinga: "Ele vendia pipas. Homem pobre e educado. Usava uma peruca à la Chico Xavier. Baden [Powell] tocava e eu cantava com ela essa maravilha dentro do laboratório de prótese da Clínica Dentária Grajaú".

Chiquinho, o tio-avô, registrou a letra naquela folha há quase seis décadas. Constance surrupiou o papel, o pai talvez nem soubesse dessa doce travessura até se ver marcado no Instagram. Talvez ignorasse, igualmente, que aqueles momentos prosaicos junto à filha ficariam marcados a ferro, como uma inscrição de amor. "Às vezes acho que minha memória primordial dele será sempre essa, mais do que entoando algumas de suas composições", ela cogita.

O Mané Fogueteiro era o Deus das crianças e, em dia de festa, fazia rodinhas, soltava foguete, soltava balões. Gostava da Rosa, a cabocla mais linda do mundo, e essa paixão acabou por levá-lo à morte. O fim trágico do personagem da música, como seria também o de Claudinho, um dos cantores de "Fico assim sem você", diz pouco, quase nada, sobre a outra história que ajudou a escrever — e que uma faxina virtual fez luzir, inesperadamente. Os cinco anos de Lia, agora já quase dez; os seis ou sete de Constance, vistos no retrovisor dos mais de quarenta. Tão distantes, tão próximos. Como uma foto que guardasse todas as idades.

Dicionário amoroso

Era um jantar comum, de dia de semana, quando chegou à mesa a comida de Lia. "Hoje tem inhame", a mãe anunciou. Foi o suficiente. A menina desembestou a gargalhar, numa estridência que nunca havíamos presenciado. "Inhame", eu repeti. Ela reiniciou a crise de riso. "Inhame". Mais uma vez.

Com menos de dois anos de idade, minha filha obviamente não distinguia significante ou significado, esses termos rebuscados da linguística. A graça, ali, era mesmo o som da palavra, que a pequena tentava reproduzir abrindo ainda mais a vogal "a" para então rir novamente, agora de si mesma.

Nossa relação com as palavras tem dessas coisas. Nem sempre o afeto dispensado a um vocábulo está ligado àquilo que ele nomeia. Pode vir da sonoridade, de uma rima interna, de seus subtextos.

Em 2009, ao lado do escritor português Jorge Reis-Sá, organizei uma antologia chamada *Dicionário Amoroso da Língua Portuguesa*. O livro reunia textos de 35 autores de diferentes países em que vigora o nosso idioma. Cada qual escolheu sua palavra preferida e, a partir dela, criou um conto, poema ou pequeno ensaio.

Lembro do "deserto" de Tatiana Salem Levy, da "poeira" de Francisco José Viegas, da "sandália" de Ondjaki. Também do poeta Paulo Henriques Britto com seu "peteleco". Da "neve" de Amilcar Bettega e de "calicatri", termo que José Luís Peixoto inventou — afinal, o escritor também é um criador de palavras.

Esses vocábulos ecoam num escaninho da memória no qual o inhame perde a materialidade do tubérculo para se transformar num enunciado: a alegria.

No *Dicionário Amoroso*, Henrique Rodrigues elegeu a palavra "você". Perguntado, treze anos depois, sobre qual indicaria hoje, dobra a ficha. "É a palavra contra a solidão por excelência", justifica. Marcelino Freire também repete a escolha. No caso dele, um substantivo autorreferente: "'Palavra' é a palavra. Porque tem lavra, tem chão, tem terra, tem pá".

Fiquei curioso em saber os termos que outros autores incluiriam em seu íntimo dicionário. Via Whatsapp — mensagem pra lá, mensagem pra cá —, o papo seguiu.

Alguns optaram pelo sentido. Houve quem preferisse a conjunção de fonemas. Na maioria das vezes, porém, essas duas qualidades se fazem presentes ao mesmo tempo.

Xico Sá, por exemplo, destaca a sonoridade de "cafuné". Que, além de tudo, traz a ideia de dengo, de carinho. Jessé Andarilho prefere a ambiguidade do termo "vendo". Ver ou vender? Ambos.

Para Cintia Moscovich, não existe palavra mais bonita do que "aurora". "Há uma chuva de vogais que se abrem: o "a" e o "o", mediados pela semivogal que é o "u". E quer coisa mais linda que a aurora?", indaga.

Giovana Madalosso pede um tempinho pra pensar e então revela não ter uma palavra predileta. Muda de tempos em tempos. A atual, contudo, é "amplexo". Tanto pelo som, quanto pela sugestão "de onde partem os melhores abraços": "Antes do plexo do que da cabeça".

A poeta Luiza Mussnich fica em dúvida entre "cafuné" e "abismo", mas acaba se decidindo pela segunda. "Não é de uso corriqueiro, desnuda o sotaque do falante, quase nos faz olhar para baixo num reflexo", argumenta. E, de lambuja, nos traz um segundo termo, decorrente do substantivo. A expressão "abismar-se", que remete a surpresa, arrebatamento. "Estar diante de um abismo é perigoso; mas a vista do precipício pode ser belíssima", resume.

Já Luisa Geisler é tão convicta quanto à sua preferida que a transformou em título de livro. No vocábulo "quiçá", ela ressalta o sentido, a cedilha e o acento, que formam uma "precisa simetria". Luisa evoca ainda o significado, originário do latim *qui sapit* ("quem sabe"). Pra finalizar, cantarola em espanhol: "quizás, quizás, quizás".

Gustavo Pacheco chega à conversa com um diminutivo. "Devagarinho", diz, é uma palavra que dificilmente alguém pronunciaria com raiva ou aos gritos. "Pelo contrário, em geral ouvimos uma voz baixa e carinhosa". Ele enfatiza igualmente o som nasal, "tão gostoso e tão peculiar da Língua Portuguesa".

Outro que forma no time dos cultores do diminutivo é Sérgio Rodrigues. Perguntado sobre sua palavra predileta, não hesita: "Caipirinha". "E olha que eu digo isso sóbrio", faz questão de advertir. Cachaça e limão a parte, Sérgio recorda a provável origem tupi do termo "caipira". "Há quem diga que se relaciona com curupira e caipora. Além disso, dá nome a um produto nacional reconhecido no mundo inteiro e que, não menos importante, é uma delícia". Deu até sede.

Como se tivesse ouvido lá da Tijuca o convite, Luiz Antonio Simas senta-se à mesa e traz a reboque a "zabumba". "Adoro a música que o vocábulo guarda. Uma delícia falar e cantar zabumba, lambuzando esse 'bum' com gosto", ressalta, antes de evocar a antropóloga Lélia Gonzalez: "É um termo da "língua pretuguesa'".

A mesma onde Eliana Alves Cruz foi buscar "dengo". "Uma palavrinha cremosa, que derrete na boca", sublinha. E que tem sabor de infância, eu acrescentaria, assim como o "azul" de Edimilson de Almeida Pereira. Seu pai tinha passarinhos em casa e ele, criança, adorava um azulão que cantava na varanda, entre antúrios e samambaias zelosamente cuidados pela mãe. "Essa atmosfera de azul, canto, pai, mãe, plantas na varanda, sempre me volta à lembrança", conta o poeta e romancista.

Foi também na meninice que Socorro Acioli descobriu que "lume" significa "fogo" e, influenciada pela tia entomóloga, se apaixonou por uma palavra "que se movimenta": "Se eu disser "vaga-lume", já acho que tem uns dez aqui na minha cabeça".

Terminada a conversa com meus colegas escritores, tão marcada por esses reflexos da infância, perguntei à Lia se lembrava da história do inhame. Que nada.

Aos seis anos, ela já não ri ao ouvir o termo. Inhame se tornou apenas um alimento. Mas há, como vimos aqui, vocábulos que atravessam a vida, são ressignificados, se dobram, abrindo janelas para o mundo. Penso na resposta do romancista Antonio Torres, 84 anos, 18 livros publicados, nascido na aridez do sertão baiano. Quando lhe fiz a pergunta sobre a palavra mais querida, ele respondeu de pronto: "Mar".

O ronronar do Outono

Embarcado no antigo bonde da Praia Vermelha, do qual se dizia "simpatizante", Rubem Braga rumava em direção a Botafogo naquele dia 12 de março de 1935. "Era o bonde dos soldados do Exército e dos estudantes de Medicina", conta, antes de elogiar a brandura dos condutores. Havia liberdade para se "colocar os pés e mesmo esticar as pernas sobre o banco da frente", sem que isso rendesse advertências mais agudas.

Fazia calor no Rio. Tanto calor que, se amenizada a temperatura, a população continuaria a suar "por força do hábito durante ou quatro ou cinco semanas ainda", diz Rubem. Os passageiros não fugiam à regra. Transpiravam a ponto de molhar a camisa.

O cronista tomara o bonde na Praça José de Alencar e passava pela Rua Marquês de Abrantes quando o fato se sucedeu. Uma folha, trazida pelo vento, tocou o lado esquerdo de seu rosto.

De súbito, Rubem tentou esticar os olhos até o interior de um botequim para checar as horas. Tiro n'água. Mas a seu lado estava um homem elegantemente vestido, decerto munido de um relógio.

— O senhor poderia ter a gentileza de me dar as horas? — perguntou-lhe.

O homem foi preciso:

— Treze e quarenta e oito.

Rubem agradeceu e então comentou, num murmúrio:

— Chegou o outono.

Seu interlocutor não se espantou, tampouco se comoveu com a frase. Queria apenas avistar logo o ponto de desembarque. Mas, para o cronista, esse foi o ápice da curta viagem. O outono começava a tomar a cidade, a ocupar os espaços ainda dominados pelo verão em lenta retirada. Era motivo de celebração, ou de alívio.

Quase noventa anos depois, lembro a história narrada por Rubem para igualmente saudar o início da nova estação. Continuamos suando, é verdade, mas agora esperançosos de que em breve será possível caminhar pelas ruas sem a nostalgia de um cômodo com ar-condicionado.

Como se falava outrora, o verão tem muita imprensa. Pelo menos aqui no Rio.

Quando começam a pipocar as matérias sobre qual será o "quente" da estação — tudo, posso garantir —, os cariocas já se transformaram em frangos de padaria. Giram no espeto sob o bafo tórrido das televisões de cachorro.

Ah, mas e o espetáculo visual?, alguém poderia perguntar.

Que me desculpem, mas se o assunto é beleza, o outono também sobra na turma. A luz chapada dá lugar à suavidade dos meios-tons que o verão tanto despreza. É quando a cidade se deixa ver em suas nuances, no detalhe, o sussurro em vez do grito.

Explicam os cientistas que a sutileza da luz do outono se deve à queda da umidade e à forma como as moléculas de ar absorvem e difundem a radiação solar. Com o sol mais baixo no céu, a luminosidade incide indiretamente sobre a Terra, permitindo que as cores vibrem.

Não sendo cientista, me limito a observar o céu límpido, o resplendor da lua, ainda que minguante, o assovio da brisa que se abeira ao fim da tarde, avisando que a noite virá e será fresca. No outono, a paisagem ronrona como um gato em estado de preguiça. Talvez, com sorte, uma folha também resvale em nosso rosto. Aproveitemos.

E a quem perdeu a poesia, que valha ao menos o pragmatismo: a conta de luz certamente estará mais barata.

Flicts, Marcelo, Gildo e o Monstro das Cores

As cenas são esparsas. Uma bronca da minha mãe, cujo motivo se dissipou no limbo da memória, depois o chamado de Sandra para que fosse até seu quarto. Sandra tinha treze anos a mais do que eu. Na ordem etária das irmãs, era a segunda mais velha. Ela pegou um livro na estante e se sentou ao meu lado. Então contou a história de Flicts, a cor que não encontrava lugar no mundo.

Ao vê-la dobrar a última página, eu já não estava tão amuado. Sandra, que já se foi, nunca teve noção do impacto de uma leitura tão despretensiosa na formação do menino. Em poucos minutos, minha vida se transformara. Eu me sentia como Flicts. Eu era Flicts. E também buscava a implausível lua que pudesse, quem sabe, um dia me espelhar.

Recordo essa passagem de uma tarde em Madureira, minha Macondo suburbana, ao arrumar os livros infantis na estante de

Lia. A edição que Sandra guardava no antigo quarto se perdeu no labirinto dos anos, mas a de *Marcelo, marmelo, martelo*, embora já bem gasta, tenho comigo. Na primeira página, a dedicatória: "Ao Marcelo, com um beijo da Mary, sua irmã – Rio, 24/02/81".

Mary é minha irmã mais velha e possivelmente o livro de Ruth Rocha tenha sido o primeiro entre os tantos que me deu entre a infância e a adolescência. Não sei se a razão foi o nome do protagonista — é bem provável que sim. E a história do garoto que quer rebatizar todas as coisas com nomes que julga mais apropriados — "latildo" para cachorro; "suco de vaca" para leite — não fugiu mais da lembrança. Quem é que entende esse menino?, me pergunto ainda hoje.

É comum querermos que os filhos compreendam e até mesmo compartilhem nossos afetos. Ainda que seja uma quimera. Daí minha tensão quando li *Flicts* e *Marcelo, marmelo, martelo* para a Lia. "É muito triste essa história", ela comentou após dobrarmos a última página do livro de Ziraldo. "Mas achei fofa".

Com *Marcelo, marmelo, martelo*, muitas risadas e um incentivo a inventar palavras, a reescrever o universo à sua própria maneira. Não é pouco.

A leitura de um livro antes de dormir se tornou, mais que hábito, um momento de encontro profundo entre pai e filha. Aos seis anos, Lia já tem seus protagonistas favoritos — Gildo, Leotolda, o Monstro das Cores. Também sabe mencionar os autores do coração, como Eva Furnari e Martha Lagarta. *Rima ou combina?*, da Martha, acabou virando uma brincadeira nossa. Tesouro e besouro? Rima. Mar e areia? Combina. Gato e pato? Rima e combina.

Não sei se, a exemplo do que aconteceu naquele dia ao lado da minha falecida irmã, Lia se identificou com algum personagem a ponto de perceber, nele, um vislumbre de si mesma. Talvez jamais saiba. Mas cada noite nossa à frente de um livro infantil é uma confirmação do poder da literatura em criar laços desde muito cedo. Nas tramas e reviravoltas, nos desenhos e jogos de palavras, nas gargalhadas e nas perguntas embebidas de espanto, firma-se o cordão que atravessa o tempo. Um fio capaz de ultrapassar a morte porque feito só de amor.

Bodas de sangue

— Você não acha que as pessoas andam menos emocionadas? — me pergunta uma amiga. O primeiro impulso é responder que não. Mas paro pra pensar e, sob o efeito do aniversário de cinquenta anos, me debruço por algumas horas sobre o tópico.

Minha experiência recente não ajuda nessa inquirição, é bem verdade. Senti de perto o vento gelado da perversidade, seu bafo ruim. E a perversidade é o oposto da emoção. A vida tem outros cheiros, contudo. Foi neles que me detive enquanto deixava a indagação ecoar dentro da cachola. Passei por músicas, poemas, recordações ásperas. Até me lembrar de um texto de Georges Didi-Huberman.

Em 2013, o filósofo francês proferiu palestra no Teatro de Montreuil, nos arredores de Paris. O tema abordado foi justamente a natureza das nossas emoções.

Didi-Huberman é um pensador interessado por aquilo que o senso comum costuma menosprezar. Pelo que chama de "coisas chãs". No livro *Cascas*, por exemplo, faz um elogio da superfície, em confronto com a ideia de relação direta entre "fundo" e "essência".

Abrevio a digressão para que o papo não fique por demais metafísico: ao falar de árvores, Didi-Huberman está tratando sobretudo de existência. Da nossa existência. "A casca não é menos verdadeira que o tronco", pondera. Até porque é parte desse mesmo tronco. E sua irregularidade, sua contingência, sua "impureza", espelham a fugacidade e as experiências da nossa própria vida. Descontínua, acidentada.

Na conferência de Paris, Didi-Huberman refuta outra máxima ocidental: a de que a razão seria superior à emoção. "Vocês poderão entender que os filósofos clássicos tenham a tendência — como o fortão da escola que zomba na hora do recreio porque você tem um jeito 'patético' — a considerar a emoção uma fraqueza, um defeito, uma impotência", diz. Segundo essa premissa, a emoção se contraporia à razão, mas também à ação. Redundaria, portanto, numa espécie de inércia.

Didi-Huberman evoca o próprio sentido da palavra para propor outro caminho. "Uma 'emoção' não seria uma 'e-moção', quer dizer uma 'moção', um movimento que consiste em nos pôr para fora (e-, ex-) de nós mesmos?", questiona. Ora, se a emoção é movimento, ela é, sim, uma forma de ação. É motor, não paralisia. "Quando se arrisca a 'perder a pose', o ser exposto à emoção se compromete também com um ato de honestidade: ele se nega a mentir sobre o que sente, se nega a fazer de conta", complementa o filósofo, que vislumbra um tanto de coragem nesse ato.

Perambulei pelas reflexões de Didi-Huberman, mas agora volto à pergunta do início do texto, embora sem conclusão alguma. É certo que há quem continue apostando todas as fichas no primado da razão. Qualquer fagulha de paixão é então lavada em água fria, esconjurada como falha ou debilidade. Do medo da futura dor, no entanto, advém mais dor. Não há como fugir do labirinto.

Peço perdão à minha amiga se não cheguei a uma resposta concreta. Talvez não chegue jamais, ainda que tente. Com meio século de funcionamento, o corpo já não traz o viço de antes. A balança grita, o médico dá bronca, a ressaca perdura por dias, parece virose. Como se diz à brinca no futebol, me tornei um ex-jogador em atividade. Mas lhe digo: tenho a alegria de continuar cercado por gente emocionada. Minha filha, meus irmãos, meus amigos. E é ao lado deles que eu quero estar, sempre.

"Cinquenta anos são bodas de sangue", escreveu o grande Aldir Blanc em canção gravada pelo Paulinho da Viola. Assim como o Aldir, que fez da emoção seu combustível, acolho o futuro de braços abertos e só agradeço. Foi isso o que eu quis viver.

A ciranda de Lia
– Oito anos em dez atos

1.

Mamadeira devidamente tomada, Lia está sentada à beira da cama. Tem a testa franzida, parece observar algo, que não consigo distinguir, com a máxima atenção.

— Vamos escovar os dentes? — pergunto, com a escova à mão.

— Espera mais um pouquinho — ela pede.

— O que você está fazendo?

— Pensando.

2.

— Tô com saudade de você.

— Você sabe o que é saudade?

— Sei, sim. É quando eu quero estar com você e você não está comigo.

— Mas eu não estou com você agora?

— Tá.

— Então?

— Papai, eu sei e acabou.

3.

De dentro do carro, ela aponta para a Praia de Botafogo.

— Essa aí é suja. Tem cocô. Não pode tomar banho.

— É. Só na outra.

— Vamos lavar? Vamos?

4.

— Será que a Mila vai estar dormindo ou acordada quando a gente entrar em casa?

— Acordada.

— E será que ela vai até a porta falar com a gente?

— Papai, a Mila é uma gatinha. Ela não fala.

5.

No filme da TV, o nenê chora copiosamente. Lia o espreita por alguns segundos antes de comentar, com ar superior:

— Quando eu era bebê, fazia muito escândalo.

6.
— Minha barriga tá doendo.
— Não inventa história, Lia.
— Tá doendo muito!
—Se tá doendo assim, não pode tomar sorvete.
— Passou.

7.
— Papai, pode parar de ser doido?
— Mas você não gosta de maluquices?
— Só algumas.

8.
— Estou muito brava — ela diz de braços cruzados, os lábios formando o bico.
— Por quê?
— Porque você fez malcriação comigo.
— Eu?
— Mas, olha, se você pedir desculpas, eu vou ficar feliz.
— E eu vou pedir desculpas pelo quê?
— Porque fez malcriação.
— Lia, na verdade você que fez malcriação, e eu chamei sua atenção por isso.
— Fiz. Aí depois você fez comigo.
— Ah, quer dizer que chamar sua atenção porque você fez malcriação é fazer malcriação?
— É. Mas, se você pedir desculpas, eu vou ficar feliz.

— Tá bem, desculpa.

Braços descruzados, ela me dá um beijo na bochecha e seu OK:

— Agora vamos ver YouTube Kids na televisão?

9.

A noite de Natal se encaminha para o fim. Os pratos já dormem na pia da cozinha e o papel dos presentes cobre o chão da sala quando vem a pergunta:

— Papai, onde eu estava quando você era criança?

10.

— Desculpa.

— O que houve, Lia?

— Dei um arroto.

— Ah, tá.

— Quando a gente dá arroto do lado de uma pessoa, tem que pedir desculpas.

— Pum também?

— Não. Pum não precisa.

Futebol de botão

Em 1929, com 18 anos, o campinense Geraldo Cardoso Décourt teve a ideia de criar um esporte. Retirou os botões de uma camisa velha, dispôs sobre a placa de celotex — usada originalmente para o isolamento de paredes — e reencenou, ali, uma partida de futebol. Décourt mirava longe: já ano seguinte elaboraria um primeiro livro de normas, as *Regras Officiaes do Foot-ball Celotex*. Que logo virou "futebol de botão".

Dia desses o jogo rendeu assunto no Twitter, mobilizando um bando de marmanjos. Cada qual recordava a escalação de seu time, o material de que eram feitos os "atletas" — galalite, plástico, coco, capa de relógio —, eventuais títulos conquistados. Sim, no botão como no gramado, quase todo mundo foi craque em tempos pretéritos.

Eu também tinha história para contar — e o fiz. Abri minha antiga caixa, que até hoje guarda as paletas e os escretes do leva-leva, do Disco e da Bola 3 Toques, mostrei o caderno de anotações onde os antigos confrontos estão registrados à caneta, os escudos que trocava com outros jogadores como se fossem flâmulas. Não demorou até que o *feed* se transformasse num grande álbum de recordações e fotografias. Alguns mostravam, com indisfarçável orgulho, que mantêm intactos os seus times.

Acredite ou não o leitor, eu levava jeito para a coisa. Assim como boa parte dos que ingressavam no novíssimo universo das regras oficiais. Isso em geral acontecia quando a destreza chegava ao ponto de fazer a partida no estilo leva-leva perder a graça. Com a possibilidade de conduzir o dadinho até a melhor posição de chute, cada ataque praticamente representava um gol, e o vencedor acabava definido já no par ou ímpar da saída de bola.

Na regra do Disco, por exemplo, o jogador só pode dar um toque. Então será a vez do outro, num revezamento sucessivo. Não me refiro ao botão, mas ao jogador mesmo, aquele que maneja as peças. Busca-se lançar a bola ao campo oposto, de modo a obrigar o adversário a devolvê-la. Nesse movimento, os botões do rival vão aos poucos deixando espaços onde você constrói as jogadas ofensivas. É quase uma partida de xadrez, de tão estratégico.

Muita gente desconhece, mas o futebol de botão é considerado modalidade esportiva desde 29 de setembro de 1988. Nessa data, o Conselho Nacional de Desportos (CND) o reconheceu como uma das vertentes dos chamados "esportes de salão". Atualmente, há quatro regras institucionalizadas: as já mencionadas Disco e Bola 3 Toques, a 12 Toques e a Dadinho. Mas o nome usado, inclusive pela confederação que regula a categoria, é "futebol de mesa".

Já era assim na época em que integrei a Associação Metropolitana de Futebol de Mesa e, depois, a equipe do Madureira Esporte Clube. A justificativa dos "botonistas" — termo que designa os competidores — é que não lhes interessa a ligação do esporte com a prática de uma brincadeira infantil. Como se aquele garoto que acendeu a fagulha da paixão paradoxalmente não coubesse mais, apesar da miudez, no corpo do adulto.

Cheguei a disputar um campeonato estadual e um brasileiro, ambos dentro da regra do Disco. Com árbitro, súmula, uniforme. Mas as lembranças sempre escapam do invólucro da solenidade. E tão cálidas quanto a memória dos jogos federados são as imagens que trazem de volta os certames contra o Misto, do Roberto "Nonô"; o Canoas, do Rodrigo Plotek; o Sul América, do meu xará Marcelo Cardoso. Aliás, os confrontos entre o Misto e meu Tradição F.M. ganharam status de clássico em meio à turma. Roberto narrava as próprias jogadas e enfeitava seu campo Estrelão com faixas à moda das torcidas organizadas do futebol. Eram feitas de papel e palito.

Meu time continua guardado, com todo o esmero, ao lado dos elegantes botões das competições oficiais. Ao reabrir a velha caixa naquela tarde de conversas no Twitter, foi como se ouvisse, lá de longe, um grito de gol.

Feliz e triste ao mesmo tempo

Desde que Lia era bem pequenina, instituímos a Pacto do Livro Pré-Sono (PLPS). A operação é simples: próximo à hora de dormir, ela se deita ao meu lado e, juntos, lemos algum dos títulos comprados nas livrarias da cidade ou recebidos como parte do clube de assinatura mensal. Se antes apenas ouvia, agora, com 8 anos, a pequena já se aventura a desbravar as histórias. E a comentá-las com admirável desembaraço.

Nos últimos meses, porém, o PLPS se tornou claudicante. Não por falta de interesse na literatura infantil, sempre pródiga em ótimas histórias, mas porque Lia tem se valido desse momento tão especial entre pai e filha para debater os mais variados assuntos. Da preferência por determinada cor à razão que move os homicidas. Da comida servida na escola à existência dos unicórnios.

Há duas ou três semanas, ela se confessou surpresa ao saber que o Estado do Rio de Janeiro tem o mesmo nome da cidade que é sua capital. Assim como São Paulo.

— Que falta de criatividade... — comentou, com olhar de enfado.

Noutra ocasião, desenvolveu um longo raciocínio sobre a desobediência à lei e a consequente aplicação de multas, para então indagar:

— Quem multa os motoristas?
— A polícia — respondi.
— E quem é a polícia da polícia?
— Não existe.
— Existe sim. É a corregedoria.

Não me pergunte de onde ela tirou a informação.

Pois no sábado passado a conversa enveredou pelo desenho que ganhara de uma amiga naquele mesmo dia. Ela e Alice se conhecem desde a creche e desenvolveram um tipo de afeto que é bem traduzido na forma como se chamam: "irmã de coração".

Lia me descreveu o presente em minúcias e avisou que gostaria de enquadrá-lo. Na imagem esboçada pela amiga, está Catarina, a gata com quem conviveu desde que chegou ao mundo. Uma felina gorducha a quem sempre chamei de Caramelo, devido à coloração dos pelos, e que pertencia à Juliana, mãe de Lia.

Conheci Catarina, ou Caramelo, na época em que comecei a namorar a Ju. Ela morou conosco durante o período em que fomos casados. Com a separação, voltou à companhia exclusiva da dona — e de Sofia, uma gata pouco mais nova, de pelos longos em tom de cinza. Desconfiada, Sofia tratava a parceira com desdém, quando não com franca rispidez. A afeição de Lia nunca deixou margem para dúvidas: foi Catarina quem ela escolheu para amar.

Assim o fez. Mal começara a andar e já pegava a gata nos braços, num desarrumo que por vezes rendeu doloridos aranhões.

Dormiam na mesma cama, acarinhavam-se lá do jeito delas e buscavam se entender no diálogo possível entre o balbucio e o "gatês".

Mas um dia Catarina adoeceu. Parou de comer, o corpo foi desmilinguindo até perder o viço. Troca de ração, remédios, injeções. Tudo foi tentado, nada adiantou.

A perda de Catarina talvez tenha sido a primeira experiência de morte para Lia. Ela me dizia da profunda saudade, tentava compreender o que nós, adultos, tampouco compreendemos.

No desenho, abaixo da imagem de Catarina, Alice escreveu um curto texto: "Eu sempre estarei nos momentos mais difíceis". Foi ao ler essa frase que Lia se sentiu estranha, "feliz e triste ao mesmo tempo", e ensinou ao seu pai um novo significado da palavra emoção.

Receita de leitor

Ao longo de 2023, cumpri um roteiro por dez cidades ao lado da também escritora Débora Ferraz. Nossa viagem fazia parte do circuito Arte da Palavra, que o Sesc promove anualmente, levando cerca de 50 autores para mais de 100 municípios em diferentes estados do país. Essa, aliás, é uma das características mais bacanas do projeto: juntar escribas com distintos sotaques, estilos, pegadas, e colocá-los frente a frente aos leitores de outras regiões. É o Brasil vendo a própria face num espelho que reflete o outro.

A temporada inicial, em Santa Catarina, significou para este carioca o resgate de casacos e cachecóis que havia muito dormiam no fundo do armário. Até que deu para disfarçar o cheiro de mofo. Nem todo mundo sabe: no Rio, não temos quatro estações, ao contrário das localidades em geral. Como diz sempre o jornalista Arthur Dapieve, são apenas duas: o Verão e o Inferno.

Débora, que nasceu em Serra Talhada — terra de Lampião — e hoje mora em João Pessoa, também sofreu com as temperaturas por volta de sete graus. O contraste climático refletia discrepâncias de outras ordens. Estivemos em cidades com 20 mil habitantes. Para se ter uma ideia, só Madureira, o bairro onde nasci, tem mais de 200 mil. Esse encontro amoroso de alteridades é tão salutar quanto urgente num momento de tamanha radicalização, como o que temos vivido ultimamente.

E foi assim, cercadas de afeto e genuíno interesse, que se deram as conversas com professores, universitários e estudantes do Ensino Médio. Após ouvirem nossos relatos sobre o início da carreira de escritor, os primeiros rabiscos no papel, o nocaute que a transpiração costuma impor à "musa inspiradora", o público nos brindava com perguntas instigantes. Os temas variaram de cidade a cidade, de plateia a plateia. Mas houve uma questão que se repetiu em todas as conversas:

— Como vocês se tornaram leitores?

Minha parceira de viagem lembrou das tardes labirínticas entre as estantes da biblioteca de Serra Talhada. Das aulas de Matemática atravessadas por histórias que latejavam na mente. Do dia em que caiu em suas mãos um livro chamado *Venha ver o pôr do sol* e ela decidiu o que queria fazer da vida era despertar em alguém uma sensação parecida com aquela que os contos de Lygia Fagundes Telles lhe provocaram.

Foi instigante, e igualmente alentador, perceber que não estou sozinho. Assim como a Débora, a literatura me ganhou pelo encantamento ou pelo espanto, quase sempre pelas duas coisas juntas. Quando criança, gostava de ler histórias em quadrinhos. Das HQs, passei aos romances da coleção *Vaga-Lume*, que traziam tramas de mistério especialmente escritas para o público jovem. Os textos tinham um jeitão de folhetim. Como nas séries hoje tão acessadas nos *apps* de *streaming*, cada capítulo terminava com uma situação irresolvida. Era irresistível começar logo o seguinte. Só não havia o aviso de 15 segundos, como acontece nos episódios da TV. E nem precisava.

O passo seguinte foi a crônica, gênero que me desvendou o meu próprio tempo. Estava acostumado, na escola, a ler obras como *Iracema* e *A Moreninha*. Com todo respeito a José de Alencar e Joaquim Manuel de Macedo, dois escritores da mais alta categoria, eram histórias bem distantes da realidade à minha volta. Relatos idílicos, conforme preceituavam as premissas do Romantismo. Ótimos para se estudarem os estilos de época, nem tanto quando se trata de transformar um adolescente em leitor.

Imaginem, então, o susto ao me deparar com a história de um homem que vai caminhar tranquilamente no entorno da Lagoa Rodrigo de Freitas e acaba sendo assaltado. A crônica, intitulada "Depois do jantar", integrava o livro *Os dias lindos*, de Carlos Drummond de Andrade. E em muitos aspectos parecia me dizer respeito. A Lagoa, contumaz referência geográfica do Rio de Janeiro. O hábito da caminhada, que minha mãe sempre praticou como atividade física. E, claro, o assalto.

O texto tinha ainda um irresistível tom de humor. Em dado momento, a vítima propõe que o valor trazido em sua carteira seja dividido com o criminoso. Que, por sua vez, nega o pedido, mas oferece um trocado para o ônibus.

A crônica de Drummond me abriu as portas para esse gênero literário tão despojado e tão próximo de nós. Para além disso, mostrou que a literatura, quando não encarada como mera obrigação, pode ser um universo fascinante. Embarquei sem passagem de volta.

Em um dos debates do Arte da Palavra, alguém perguntou que conselho eu daria para formar um leitor. Não há receita. Cada qual tem seus interesses temáticos, faz suas próprias descobertas. O leitor não germina porque é "importante" ler, muito menos por medida compulsória. É um sortilégio, um feitiço. E das melhores mágicas a gente não conhece o truque.

Material escolar

Conviver com filho pequeno é estar permanentemente diante de um espelho de dupla face. Se uma delas aponta para o futuro, tenta projetar gostos, escolhas, destino, profissão, a outra tem função retrovisor. Em pequenos gestos reconhecidos, somos transportados para a nossa própria infância. Uma máquina do tempo sem engrenagens visíveis.

Lia voltou às aulas na semana passada. Nos derradeiros dias de férias, nem mesmo as águas transparentes da Praia Azeda, em Búzios, foram capazes de solapar a pergunta insistente:

— Pípi, quando vou poder ver meu material da escola?

Ela se referia aos livros, cadernos e apetrechos que a mãe, no Rio, tratara de comprar. A lista obrigatória para a estreia na primeira série.

Os olhos ansiosos da menina de sete anos refletiam os do garoto que o pai dela um dia foi. Me vi caminhando de mãos dadas com meu velho pela Rua Carvalho de Souza, contando os minutos até chegarmos à Casa Baptista.

Era lá que, ano após ano, cumpríamos a tarefa de riscar os itens da lista preparada pelo Colégio Nossa Senhora da Piedade. Com três filhos em idade escolar, o pai tinha conta na papelaria.

Eu sempre fazia questão de estar presente. Opinar na escolha do lápis, da canetinha, da borracha, do estojo. Experimentar a alegria que é abrir, pela primeira vez, o livro de Português, Matemática ou Estudos Sociais.

Juliana, a mãe de Lia, também fazia a compra anual em Madureira. Moradora de Engenheiro Leal, localidade encravada nas beiradas de Cascadura, se deslocava com os pais até o bairro vizinho para não perder o que chama ainda hoje de "momento mágico".

É curiosa, a vida. Por muito tempo, a memória desse acontecimento tão especial na infância se manteve soterrada. Coberta pelas efemérides que as fotos costumam registrar, por questões de trabalho ou família, pelo cotidiano que, em sua monótona espiral, tira o fulgor das coisas.

Então percebo a cintilação no olhar de Lia e tudo é subitamente restaurado. Bastam alguns segundos.

Filho é mesmo um cavalo-de-pau na trajetória da gente. Num pequeno ato, restitui o espanto. As letras que, juntas, formam uma palavra. O sabor da fruta desconhecida. O primeiro toque no corpo gelatinoso e translúcido de uma água-viva colhida no mar.

— Pípi, quando vou poder ver meu material da escola? — a pergunta ainda ecoa.

— Amanhã, Lia.

Esse amanhã que traz o ontem, o anteontem, décadas atrás. Que comprime o tempo, fazendo dele uma coisa só.

Hilda Hilst ao telefone

Quando lancei o primeiro trabalho — uma seleta de contos ruins que tentavam emular Caio Fernando Abreu —, minha irmã insistiu que eu mandasse um exemplar para a Hilda Hilst. Lilian sabia que eu era fã dos textos da Hilda e tinha um amigo que, à época, morava na Casa do Sol, onde a poeta hospedava os amigos em temporadas repletas de conversas, drinques, astrologia, ciência, filosofia, música e literatura.

A obra da escritora me chegara por intermédio justamente do Caio. Ao se conhecerem, num curso de jornalismo que a revista *Veja* promoveu em 1968, os dois logo se tornaram próximos. No ano seguinte, Caio partiu de mala e cuia para a Casa do Sol. Ficou muitos meses por lá, voltando outras vezes em passagens mais rápidas.

A Casa do Sol, aliás, marca um momento decisivo na vida do autor gaúcho. A história se soma a muitas outras cujo centro é o poder misterioso da figueira que havia no local. Certa noite de lua cheia — quando a capacidade da árvore, segundo Hilda, alcançava intensidade máxima —, ele se aproximou e fez dois pedidos. Queria que sua voz engrossasse e, também, ganhar um concurso de que estava participando. Na manhã seguinte, contam o próprio e pelo menos três testemunhas, o sortilégio se deu. Caio acordou com voz de barítono. "Me sinto felicíssimo, isso resolve praticamente todos os meus problemas, posso fazer o que quiser, falar com quem quiser, ninguém vai rir nem achar esquisito", ele reportaria aos pais, em carta enviada pouco depois. O segundo pleito foi igualmente atendido. *Inventário do irremediável*, seu livro de estreia, conquistou o Prêmio Fernando Chinaglia, da União Brasileira de Escritores.

"Nós sempre fomos muito ligados", comentou Hilda em artigo enviado para *O Estado de S. Paulo* pouco antes da morte de Caio. "Ele empenha a vida, a morte, a doença, tudo o que tem em sua literatura. A tentativa do escritor é sempre essa: dizer a sua pequena verdade para o outro".

O vínculo tão afetivo, tão vigoroso, entre artistas referenciais me causava admiração. Mais do que isso, uma espécie de fome. No tempo em que minha irmã sugeriu a expedição do exemplar, eu era um escritor iniciante e sem contato algum com meus pares ou com o mundo literário. Foi incrível descobrir a possibilidade de troca, amorosa e estética, entre dois criadores. Esse antídoto possível para a solidão.

Sem muita expectativa, fiz uma dedicatória e remeti o livro pelo Correio. Pus, no envelope, um papel com meu telefone escrito a caneta.

Passaram-se alguns meses, eu havia me mudado para uma quitinete — a primeira experiência de morar sozinho — e já nem lembrava do envio. Um dia, o telefone lá de casa tocou.

— Oi, Marcelo.
— Quem fala?
— É a Hilda.
— Que Hilda?
— A Hilda Hilst. Recebi seu livro.

Fiquei paralisado de tal forma que não consigo me recordar de nada que ela disse durante a conversa de poucos minutos. Só das palavras finais:

— Continue escrevendo. Sempre.

A frase ficou encrustada dentro da minha cabeça como a forma que dorme dentro da pedra.

Passados alguns anos, usaria versos da Hilda como epígrafe de *Somos todos iguais nesta noite*: "A vida é crua. Faminta como o bico dos corvos/ E pode ser tão generosa e mítica: arroio, lágrima/ Olho d'água, bebida. A vida é líquida".

Generosa e mítica. Assim era Hilda Hilst.

Lia e a camisa canarinho

A retomada simbólica da camisa amarela da Seleção Brasileira será um longo processo. Capturada pela extrema-direita e pela turba de golpistas que parece ter se multiplicado nos últimos anos como *gremlins* na água, a histórica canarinho perdeu a marca coletiva para se tornar ícone de nossos piores pesadelos.

Talvez tenhamos sido passivos demais ao não reagir a esse movimento de usurpação. Não saberia cravar. Mas diante do leite derramado, tomei a decisão de que pela primeira vez torceria contra o Brasil numa Copa do Mundo. Menos pelo aspecto político do que por uma questão física, embora as duas coisas estejam intrinsecamente ligadas. A camisa amarela passou a me causar engulhos. Simples assim.

Há pouco mais de um mês, contudo, minha filha Lia começou a colecionar as figurinhas do álbum da Copa. Aos 7 anos, ela tem experimentado a deliciosa sensação de encontrar um cromo raro no pacote, e de trocar as repetidas com os amigos. Ganhou também uma tabela do torneio, desenhada especialmente para as crianças. Foi o suficiente para acender a centelha. Desde então, busca saber de cada país, acompanhar cada jogo, conhecer os atletas. Na partida inaugural, o interesse era tamanho que chegou a me pedir que pausasse a transmissão da partida para ir ao banheiro. Essa fiquei devendo.

Mas a discrepância de expectativas estava bem modulada, pelo menos até vir a pergunta:

— Papai, você vai torcer para o Brasil, né?

Aí foi que o barraco desabou. Mudei de assunto, comentei sobre a festa em que iríamos no fim de semana, propus um sorvete na loja da esquina. Naquele dia, funcionou.

No outro, porém, a indagação retornaria. Agora acompanhada de uma demanda com ar de decreto: Lia queria uma camisa amarela do Brasil para vestir nos dias dos jogos.

A marcação foi cerrada como a de um zagueiro sobre o centroavante. Acabei capitulando.

— Vou torcer para o Brasil, meu amor. É claro.

E comprei a camisa. Azul, porque tudo na vida tem limite.

Mostra o seu que eu mostro o meu

Voltei da Festa Literária de Guaratinguetá, em São Paulo, lendo uma seleta de contos do Fernando Molica. Os originais. A viagem de quase quatro horas até o Rio seria atravessada por canetadas no papel. Sublinhados, apontamentos. "Rabisque", pediu o Molica. Ao que respondi com uma frase fisgada da lembrança de Dalton Trevisan: "Serei cruel".

Era o que Dalton rogava aos amigos quando lhes enviava os textos recém-escritos. Otto Lara Resende, um desses confidentes, adotaria a máxima para lidar com a própria prole. "Costumo pedir aos meus filhos que me policiem. Sejam cruéis. Aí outro dia a Cristiana me advertiu: Pai, cuidado. Você está muito reminiscente", conta ele em crônica de 1991. "Mas é isto mesmo. Depois de certa altura, a gente traz o cadáver do passado amarrado ao pé".

Missivista contumaz, Otto dedicou boa parte de suas cartas a comentar textos alheios que haviam acabado de ganhar vida. Uma prática, aliás, comum a muitos escritores de outros tempos. Estão aí os livros de correspondências de Caio Fernando Abreu,

Clarice Lispector, Fernando Sabino e Hilda Hilst que não me deixam mentir. Citei apenas brasileiros quando poderia listar autores do mundo todo. O esquema "mostra o seu que eu mostro o meu" sempre rompeu fronteiras. É um costume universal.

No diálogo epistolar, há um farto escambo de elogios, mas também espaço para a crítica franca e aberta. A pesquisadora Elvia Bezerra, que tem se dedicado a compilar a correspondência de Otto para futuro livro, contou uma dessas histórias em evento promovido pelo Instituto Moreira Salles (IMS).

Certa vez, em resposta a Rubem Braga, o escritor mineiro fizera duros reparos ao título da crônica que lhe fora submetida. No texto em questão, Rubem reclama da conjuntura nacional — o trânsito enrascado, o desconforto do povo —, antes de relatar a esticada a Paquetá. Quer "descansar de si mesmo" e lamenta-se por não poder viajar ao exterior devido ao câmbio altíssimo, restando-lhe o remédio de escrever cartas.

Mas carta, pondera, "não é remédio para curar nada, é apenas aspirina que mal atenua a dor da saudade". "Carta é uma pastilha barbitúrica". "Barbitúrica!", exclama Rubem na sequência, para concluir: "Duvido que alguém me mostre uma outra palavra mais feia na língua portuguesa".

O cronista passa, então, ao chiste puro e simples. "Sento-me para escrever uma carta a uma pessoa querida e de repente me aparece essa palavra, como uma pequenina mulher barbuda que sofre de ácido úrico, e com voz esganiçada, a fazer caretas, me diz: eu sou a barbitúrica, eu sou a barbitúrica!". Seria melhor, assim, não comprar dólar, nem escrever carta alguma. E gastar o pouco dinheiro numa esticada à pacata ilha carioca. Foi o que fez.

Otto alega que "Um passeio a Paquetá" não é título apropriado para a crônica. Que "barbitúrica" é uma palavra em tudo oposta a Paquetá, no que esse vocábulo traz de singeleza e lirismo. Mas Rubem firma o pé. O texto termina sendo publicado com o nome original.

Digressiono ao reportar aqui esse episódio porque a crônica, afinal, é terreno de liberdade. Uma conversa fiada — e suas teias não têm a obrigação de emaranhar um assunto só. Mas me pego a pensar, juntando as rasuras nos contos do Molica e a interlocução postal entre Otto e Rubem, que esse esquema de trocas continua em vigor. No futuro, porém, leitores curiosos e pesquisadores não terão material sobre o qual se debruçar.

É habitual que, ao terminar um texto, eu o remeta a colegas escritores para uma apreciação menos viciada. E vice-versa. Papeamos, argumentamos, refletimos, só que nossas hesitações, as possíveis emendas, assim como as mensagens de parte a parte, tudo isso rapidamente se dissipa na rarefação da neblina digital. Desmancha no ar. Parafraseando o Otto, o hábito de escrevermos cartas tornou-se também um cadáver do passado. Agora não amarrado, e sim enterrado sob os pés.

A volta da Loura do Banheiro

No Colégio Nossa Senhora da Piedade, ali pelo começo dos anos 1980, os meninos só iam ao banheiro em grupo. Não, não pense em meinha, troca-troca e que tais. Era por medo mesmo. Quem fosse sozinho corria o risco de encontrar a terrível Loura do Banheiro, com seu vestido branco, a boca vazando sangue e chumaços de algodão nas narinas. Ela aparecia caso déssemos descarga, chutássemos a privada, falássemos palavrão ou batêssemos a porta do sanitário. Todos conhecíamos os códigos.

Cheguei a imaginar que a mítica figura pertencia ao passado de homens e mulheres hoje quase cinquentões. Que nada. Ontem mesmo a mãe de Lia me telefonou para informar que, na escola da nossa filha, o mito da Loura chegou chegando. As crianças do primeiro ano andam apavoradas. Até em casa temem fazer número um — ou, pior, número dois — sem companhia. Não basta ser pai, tem que participar, já dizia o bordão.

Muitas lendas urbanas como essa aos poucos ganham versões distintas, dependendo do lugar ou da época. No caso da Loura do Banheiro, há uma origem comum — e catalogada.

Sua gênese vem de uma história que efetivamente aconteceu, perto do fim do século 19, na cidade paulista de Guaratinguetá. Aos 14 anos, a menina Maria Augusta de Oliveira Borges fora obrigada pelo pai, o Visconde de Guaratinguetá, a se casar com o Conselheiro Dutra Rodrigues. Ele tinha 35.

Quatro anos depois, Maria Augusta conseguiu escapar da prisão matrimonial. Vendeu suas joias e fugiu para Paris. Morreria por lá, aos 26, por motivo nunca revelado. Alguns especulam que teria sido de raiva, doença que se alastrou pela Europa naquela temporada. O que se sabe é que, no traslado do corpo para o Brasil, o caixão foi violado por criminosos. Buscavam objetos de valor da jovem falecida, mas ainda nobre.

Na cidade natal, seu cadáver ficaria exposto num dos cômodos da mansão da família, dentro de uma redoma de vidro. Como o túmulo demorava a ficar pronto, a mãe chegou a cogitar não fazer o enterro. Acabou, porém, dando tratos à bola.

O tempo se passou, a casa do clã foi vendida e transformada em escola pública. Que, passada pouco mais de uma década, seria destruída por um incêndio. Testemunhas do acidente contaram que, enquanto as chamas consumiam o imóvel, o som de um piano era ouvido. Instrumento que Maria Augusta dominava como poucos.

Não demorou até que começasse a correr o papo de que seu espírito continuava a circular pelos corredores, abrindo as torneiras dos banheiros para matar a sede — a desidratação é uma das consequências da raiva — e suplicando aos vivos que enfim a enterrem. Ainda que o sepultamento tenha efetivamente acontecido. "Publique-se a lenda", recomendaria Dutton Peabody, o jornalista notabilizado por John Ford no filme *O homem que matou o facínora*.

A Escola Estadual Conselheiro Rodrigues Alves funciona em Guaratinguetá até hoje. E o espírito da Loura do Banheiro, se um dia andou mesmo por lá, parece mesmo ter gostado do ambiente estudantil. Espalhou-se pelos colégios do Brasil inteiro, para infortúnio das crianças.

As compleições físicas são as mesmas, mas a evocação mudou. Agora, relatam as meninas do primeiro ano, o espírito sai do espelho quando são pronunciadas algumas palavras específicas. E, ao chegar, pede: "Me salvem!".

Expliquei à Lia que o fantasma da Loura não existe. "Eu sei. Mas às vezes a gente sabe que uma coisa não existe e ainda assim tem medo", ela respondeu. Por via das dúvidas, melhor não mexer com quem está quieto.

Um sanduíche dormido e o Jabuti na mochila

O telefone começou a apitar por volta de onze da noite. Tinha acabado de sair do Theatro Municipal de São Paulo, chamado o Uber e aguardava a chegada do carro sob uma chuva fina e persistente. "Não dá mole com o celular, essa zona é perigosa", alguém me alertou. Mas o carioca tem pós-doutorado no tema e o aparelho estava guardado no bolso antes mesmo que o cauteloso conselheiro terminasse a frase.

Já no carro, comecei a checar as mensagens. Entre muitos parabéns e palavras gentis, uma pergunta ecoava: "E aí, onde vai comemorar?".

Explico: a cerimônia no Municipal se referia à entrega do Jabuti, e meu livro *A lua na caixa d'água* recebera o prêmio na categoria Crônica.

Li as mensagens enquanto o Uber me levava em direção à Rodoviária de São Paulo. Uma viagem de quinze minutos. Ao chegar, recolhi novamente o celular.

O Terminal Tietê era um deserto urbano pontilhado pelo planeta fome. Com praticamente todas as lojas fechadas e quase nenhum passageiro, espelhava o Brasil do desgoverno Bolsonaro. Esvaziamento econômico, mendicância, desolação.

Nesse cenário, o letreiro aceso do Bob's mais parecia miragem. Mas foi na tradicional rede de *fast-food*, onde não lanchava havia pelo menos vinte anos, que pude salvar o estômago. Um Cheddar Australiano duplo e uma Coca Zero pra viagem, por favor.

Meu ônibus sairia às onze e quarenta e cinco. Faltavam quatro minutos quando paguei ao caixa e desembestei com o Jabuti na mochila e a embalagem de comida na mão. Ao atravessar a porta do terminal, notei que o motorista já tinha ligado o motor.

— Peraí, piloto!

Ele esperou. Já sentado na cadeira, abri o pacote do Bob´s sob o olhar crítico da passageira da poltrona ao lado. O cheiro enjoativo do cheddar tomou o ônibus.

Comi rapidamente e logo voltei ao celular, agora mais tranquilo. "E aí, onde tá comemorando?". A pergunta era a mesma, mas passara ao gerúndio.

Cerca de uma hora antes de embarcar, eu havia subido ao palco do faustoso teatro paulistano. Não vou fazer pose blasê. Para o menino nascido em Madureira, bairro do subúrbio do Rio, no seio de uma singela família de comerciantes, ser chamado ao tablado onde aconteceu a Semana de Arte Moderna, e em razão de um livro que escreveu, foi uma emoção e tanto.

Essa imagem voltaria já em Paraty, quando conheci Benjamín Labatut, escritor convidado da FLIP. Um conhecido em comum nos apresentou e, tentando soar simpático, disse a ele que eu havia ganhado o Jabuti. "Prêmios não importam nada", mandou o chileno, antes mesmo de dizer oi. Enquanto bebia tranquilamente meu copo de cerveja, comentei que concordava em parte. Mas que estava feliz de ter recebido um prêmio que tantos escritores que admiro já receberam. Algo que, quando garoto, não poderia jamais sonhar.

Labatut então perguntou o que eu, como autor, considerava mais importante. Tocar de alguma forma quem lê, respondi-lhe. Ao que retrucou: "Discordo disso também". Saquei que a questão do moço era causar, o que já havia tentado em sua apresentação na tenda oficial. Para um escritor que defende menos livros no mundo, até que soou coerente.

Me despedi dele, desejei boa sorte e fui encher de novo o copo, que era o melhor a fazer.

Conto esse episódio porque a postura arrogante do meu colega é bem emblemática daqueles que julgam que a literatura configura um ofício superior. Um dom sagrado reservado a luminares, vedado aos demais.

É claro que, nos dias posteriores à entrega do prêmio e à viagem de retorno a Paraty, abracei os amigos, bebi incontáveis cervejas, festejei como se não houvesse amanhã. Os tais "dias de miss". Mas ciente de que a maior parte da vida é seu caldo morno. Uma ida ao banco, a consulta no dentista, o sanduba frio devorado dentro do ônibus. E nem sempre há um Jabuti dentro na mochila.

A cidade foi feita para o sol

Rolezinho em Madureira

Nos seus mais de 430 anos de existência, Madureira nunca testemunhou um inverno. Digo inverno na acepção clássica, com frio, dias mais curtos e baixo índice de umidade. Mesmo nos meses de junho, julho e agosto, uma simples caminhada pelas ruas do bairro permite experimentar na plenitude a prática da transpiração. É quase metafísica a sensação da camisa se unindo à pele por aquela película fluida, à beira do incandescente.

Essa foi uma das primeiras lições de Lia na manhã de sábado em que fizemos nosso rolezinho.

— Que calor! — reclamava a pequena a cada dez ou quinze minutos. — Devia ter ar-condicionado na rua.

Poucas semanas antes, eu tinha ido à escola onde ela estuda para conversar com a turma da segunda série. O tema da aula era justamente o bairro em que nasci. Os alunos, todos moradores da Zona Sul da cidade, variavam entre oito e nove anos. Apenas Lia e uma colega conheciam Madureira. No caso da minha filha, em razão de uma rápida visita ao parque que, desde 2012, se tornou referência para a população do subúrbio.

Terminado o papo, vieram muitas perguntas. Uma curiosidade genuína e bonita de ver. As crianças queriam saber mais sobre o Mercadão, o estádio do Madureira Esporte Clube, a Estrada do Portela, a quadra do Império Serrano. Além do próprio parque, é claro. Chegamos a esboçar um passeio do colégio, que acabou não acontecendo.

Foi nesse dia que me toquei: Lia não tem a menor familiaridade com o bairro de seu pai, de seus avós, bisavós e tataravós. O chão onde sucessivas gerações de sua família pisaram, plantaram e colheram para que ela pudesse vir ao mundo.

Nascida no Humaitá, morando em Botafogo desde bebê, é natural que a palavra Madureira lhe seja um substantivo comum. Uma entre as tantas locuções que nomeiam coisas ou lugares, sem o abrigo quente do afeto. Bem diferente de mim. Embora tenha residido por lá apenas na meninice, frequentei aquelas ruas quase diariamente até encerrar o Ensino Médio. E, mais do que simplesmente memória, Madureira me deu uma perspectiva. Posso morar onde for; é dali, sempre, que vou olhar o mundo.

Lia se animou com a ideia do rolezinho. Desenhei um roteiro que se iniciava na Rua Carvalho de Souza, 163. A casa em que fui criado e onde atualmente funciona uma clínica médica.

— Madureira é longe — ela comentaria, impaciente, durante a viagem de Uber. — Para quem mora em Cascadura, ou no Méier, Madureira é perto; longe é Botafogo — eu disse. Lia ficou pensativa por alguns segundos e logo se distraiu com as pichações no muro da linha de trem.

Quando saltamos do carro, bem em frente à antiga casa, o tempo parecia imóvel. Mas seus resquícios eram queloides na paisagem. Falei sobre o piso de cacos de cerâmica que antes coloriam o quintal da frente, do muro agora transformado em grade. Ela ouvia, em silêncio.

Dali seguimos pela própria Carvalho de Souza e atravessamos o viaduto Negrão de Lima, dobrando na Rua Francisco Baptista. Expliquei que Francisco foi seu tataravô.

— Ele era famoso? — perguntou Lia.

Enquanto percorríamos a Carolina Machado, ela se mantinha atenta às ofertas das lojas de brinquedos, perguntava sobre os preços, se era caro ou barato. Cruzamos então a Travessa Almerinda Freiras para desembocar novamente na Carvalho de Souza. Mostrei o sobrado da minha bisa — hoje um consultório odontológico — e a loja em que meu pai trabalhou quase a vida toda. Lia ficou curiosa em saber por que ele vendeu. Uma longa história, respondi. Qualquer dia eu conto.

Já estávamos perto da quadra do Império e, à porta dos diferentes comércios, locutores anunciavam as promoções do dia. Dez meias por trinta reais é só aqui, aproveita, freguesa, amanhã já acabou. As vozes se fundiam a buzinas, músicas, apitos, falas, motores. A cidade viva em seu discurso, pura algaravia.

Lia pediu fotos ao lado da estátua de São Jorge e próximo ao palco, onde as letras em verde-bandeira formam o nome da agremiação. "Vou mostrar pro pessoal da turma", avisou. Do lado de fora a centopeia humana se movia, alheia ao santo, ao Império, a nós.

Subimos a passarela espremidos entre os camelôs e, no corredor central, fui obrigado a parar. Alguém vendia minicoelhos.

— Compra um pra mim?

Ainda viriam cabritos, galinhas, pombos. As imagens de orixás, os sacos de balas. O Mercadão é um parque de diversões para quem não perdeu a infância.

Tive que apressar o passo porque faltava a parada no estádio do Madureira antes que o almoço fechasse nosso roteiro. Ela adorou pisar na arquibancada e entrar no campo onde os jogos acontecem. Achou enorme.

Voltamos para casa exaustos, suados, ávidos por um banho. E logo a rotina se impôs. Fazer o dever de casa, brincar com a amiga, jogar no tablet. Mas se a memória é feita de escombros, talvez alguma imagem tenha se fixado. Um cheiro, um som. Que ressoará no futuro, como uma melodia sutil. O assovio de um curió que, já morto, por vezes ainda é capaz de cantar.

Mapa íntimo

Sempre acreditei que os bairros onde moramos ajudam a burilar nossa personalidade. No homem de 52 anos que sou hoje, trago bastante de Madureira, a matriz dessa estação tão decisiva que é a infância. Também algo da Barra da Tijuca. Outras porções vêm da Urca, do Jardim Botânico, de Laranjeiras, da Lapa, de Botafogo. Na síntese de uma soma nem sempre redonda de peculiaridades, o desenho se esboça.

Os bairros se definem igualmente assim, como um breviário de suas ruas. Cada qual com sua topografia, suas manhas, sua psiquê — atributos que podem ou não reverberar nos nomes que elas carregam.

Morei na Avenida Sernambetiba, hoje chamada de Lúcio Costa. O antigo título fazia referência ao sernambi, pequeno molusco que era encontrado em profusão naquela área. A coesão entre a denominação e o perfil da via, debruçada à beira-mar, prescindia de grandes explicações. Mas o sernambi sumiu dali faz tempo. Quando foi sancionada a homenagem ao arquiteto e urbanista Lúcio, ninguém mais tinha ideia da sintonia entre o nome de outrora e o ecossistema local. Que, aliás, vem sendo goleado pela ocupação humana, como bem sabem — ou sabiam — os tatuís.

Antes disso, minha casa ficava na Carvalho de Souza. A rua liga Madureira a Cascadura, passando sob o Viaduto Negrão de Lima, e seu trajeto corta as duas frações daquela que já foi chamada de Capital dos Subúrbios. De um lado, a região mais residencial, povoada de casas e pequenos edifícios; do outro, o comércio pujante. O senhor Carvalho de Souza, por mais que pesquisasse, não consegui descobrir de onde veio ou o que fazia. Nem mesmo no referencial *Histórias das ruas do Rio*, de Brasil Gerson, há menção a ele. E, ao contrário do que acontece na Zona Sul da cidade, as placas indicativas das ruas do subúrbio costumam trazer apenas o nome do logradouro, sem qualquer informação sobre o sujeito homenageado. Mais um sinal da secular diferença de tratamento pelo poder público.

Nos anos em que vivi na Urca, ouvi muito o relato segundo o qual a Avenida São Sebastião tinha sido a primeira rua da cidade. Balela. De fato, foi na vila fortificada aos pés do Morro Cara de Cão, onde ficaria o bairro, que Estácio de Sá plantou os fundamentos do Rio de Janeiro. A futura avenida se assentou sobre o caminho que unia a enseada da Baía de Guanabara ao Forte São João. Mas a via inaugural da cidade, segundo o informe oficial, é mesmo a Rua da Misericórdia, no Centro.

A São Sebastião deu início à minha "fase das ladeiras", que continuaria na Rua Faro. Se as duas têm algo em comum, fora a acentuada inclinação, é a sinuosidade. São vias bucólicas, sossegadas, que talvez servissem como um contraponto ao meu gênio inquieto. Localizada no meio do Jardim Botânico, a Faro deve seu nome a Luís de Faro, antigo dono de uma chácara que se localizava naquele ponto, e nunca fez muita questão de assumir contornos urbanos. Lembra uma rua interiorana, onde o silêncio é quebrado apenas pelo canto dos passarinhos — ou as investidas dos saguis em busca de frutas.

Terceira ladeira dessa cronologia particular, a Almirante Salgado se distingue igualmente pela tranquilidade. Nasce na Rua das Laranjeiras, com seu nervoso trânsito de carros e pessoas, mas vai ganhando quietude à medida que a rampa é vencida pelo caminhar. Curiosamente, um oposto à trajetória de João Mendes Salgado, o tal almirante. Mais conhecido como Barão de Corumbá, ele teve uma vida febril. Lutou na Guerra do Paraguai e, graças à coragem demonstrada nesse e em outros combates, recebeu a Ordem Nacional do Cruzeiro do Sul e a Ordem da Legião de Honra.

Também a Rua Riachuelo, para onde me mudei em seguida, assumiu o atual nome por questões militares. No caso, a batalha naval entre o Brasil e Paraguai, que aconteceu em 1865, um ano antes do rebatismo. A via até então se chamava Rua de Matacavalos por uma razão prática: ali havia atoleiros que dificultavam o trânsito dos animais, muitas vezes levando-os ao sacrifício.

A Riachuelo começa na Praça Cardeal Câmara e termina na Rua Frei Caneca. Em seu percurso, encontramos oficinas, mercados, botecos, salões de beleza, farmácias, hotéis, lojas de tintas, de roupas, de colchões... É um verdadeiro furdunço, entremeado por prédios e moradias de personagens célebres da literatura brasileira, como o machadiano Bento Santiago, do romance *Dom Casmurro*.

Fiquei por cinco anos, e bebi por dez, na Lapa. De lá sairia para aportar onde moro: a Rua Álvaro Ramos, em Botafogo. Já com o nome corrente — um tributo ao cirurgião e destacado membro da Academia Nacional de Medicina —, era um local conhecido pela fartura de borracharias. Então chegaram os bares, e os pneus foram substituídos por copos americanos e tulipas de chope. Fugi da boemia, mas ela correu atrás de mim.

Cada uma dessas ruas, para além dos diferentes títulos, descrições e enredos, é um espelho onde minha história reluz. O pique-pega sobre o piso de cacos, o puçá cheio de siris ao fim da tarde, os saraus defronte a baía, a luta para subir carregando as compras, o strudel do Bar Brasil, o nascimento de Lia. No emaranhado de linhas que aparentemente não se conectam, vislumbro um mapa íntimo. O labirinto que riscamos com nossos próprios passos. Onde tantas vezes nos perdemos e um dia, quem sabe, possamos nos encontrar.

O Galo de Botafogo Oriental

Fui morar na Rua Álvaro Ramos em 2015. A via fica em região que um amigo jocosamente batizou de "Botafogo Oriental". Isso porque, até bem pouco tempo atrás, era a área menos valorizada do bairro. O verbo no passado se justifica. Pouco a pouco, as oficinas mecânicas deram lugar a cevicherias, bistrôs, bares descolados e barbearias hipsters. A gentrificação chegou feroz.

Pois foi aqui que, há dois ou três anos, ele apareceu. O "pintinho sura", como denominou meu letrado vizinho Jason Vogel, em citação de Monteiro Lobato. Conta o Jason que o dito cujo certo dia simplesmente deu as caras (ou seria o bico?) na Rua Fernandes Guimarães, perpendicular à Álvaro. Não se sabe de onde veio, onde foi parar a mãe, se é filho único ou se desgarrou dos irmãos.

— Quem o via, raquítico, ciscando por entre gatos e automóveis, imaginava que seu futuro seria breve — relata Jason, sem disfarçar a simpatia pelo bicho.

Enganavam-se.

Hoje, o ex-sura é um portentoso galo. Penas pretas e esguias, encimadas por uma coloração caramelo que realça o contraste, crina altiva em vermelho vivo. "Um bonito mestiço com boa composição de Rhode Island Red", na acurada definição de um tio, cujo nome o Jason não externou.

Não entendo do riscado, como o tio do meu amigo, mas sei que Rhode Island é um estado norte-americano. E bastou uma rápida pesquisa para descobrir que a raça a que ele fez referência foi desenvolvida lá mesmo nos Estados Unidos, na segunda metade do século 19. Consta que os Rhode Island Red podem se mostrar bastante ariscos e agressivos. Quando se sentem ameaçados, costumam atacar estranhos que se aproximam — sejam os humanos, sejam os de sua espécie. Não é o caso do nosso vizinho penoso. Se está bem longe de aparentar docilidade, pelo menos nunca agrediu ninguém. Quem sabe um efeito da miscigenação galiforme.

De bobo, e isso eu posso garantir, ele não tem nada. O ditado diz que malandro é o gato, que já nasceu de bigode. Pois o ex-sura não fica atrás. Logo que ganhou corpo, passou a morar dentro do 2º Batalhão da Polícia Militar, a uns cem metros de onde escrevo estas linhas agora. Numa cidade tão insegura, garantiu proteção e um leito quentinho para as noites gélidas do inverno.

Passa quase todo o tempo lá. Talvez tenha se acostumado à vida de solteiro e à consequente abstinência sexual. Afinal, não há registro da presença de galinhas pelas redondezas. Nas raras vezes em que sai do batalhão, é para olhar as modas no esquema bate e volta. Aconteceu no sábado passado. Eu almoçava numa das mesas externas da Liga dos Botecos e flagrei-o zanzando, imponente, pela filmagem de uma série televisiva que acontecia na rua. Logo o espantaram. Ele voltou para o abrigo policial, sem protestar ou atrapalhar as cenas. Foi aplaudido pela equipe.

Na curta biografia que fez para reportar ao mundo a existência de nosso vizinho galináceo, o Jason me pediu que escrevesse uma crônica sobre o assunto. Pois aí está. Mas eu não poderia botar o ponto final no texto sem revelar a principal virtude do Galo de Botafogo Oriental: ele acorda — e, portanto, canta — só por volta de meio-dia. Avis rara.

A palavra em campo

Na noite de 2 de julho de 2008, 78.918 pessoas estiveram no Maracanã para assistir à final da Taça Libertadores. Após uma campanha até então irrepreensível, o Fluminense chegara à decisão com ares de favorito. Mas o resultado da primeira partida foi desastroso. Embalados pela altitude de Quito, os equatorianos da LDU venceram por 4 x 2. Restava ao tricolor, portanto, derrotá-los por três gols de diferença no jogo de volta.

Eu era um daqueles milhares que testemunharam o que se desenrolou no histórico estádio carioca. Logo no início, o Flu levou um gol, o que o obrigava a marcar três, se quisesse ao menos chegar à prorrogação. Graças a uma atuação espetacular de Thiago Neves, o time conseguiu, levando o público das arquibancadas e milhares de torcedores em todo o país a alimentar uma certeza: diante da realização de tarefa tão improvável, não haveria como o título escapar.

Mas escapou.

Faltou um gol — o gol solitário que definiria a contenda em favor do Fluminense — e, na disputa de pênaltis, a LDU foi campeã.

Nunca consegui, embora ganhe meu pão com o ofício da escrita e o Flu tenha conquistado quinze anos depois a tão almejada taça, formar uma sequência de palavras capaz de expor o que aconteceu naquele 2 de julho. As lembranças são embaçadas. O enredo soa inverossímil. A narrativa simplesmente não dá conta.

Mas isso ajudou a lançar luz, ainda que precária, sobre uma antiga perplexidade que me dominava: compreender por que um esporte tão impregnado no imaginário brasileiro teve por décadas presença relativamente tímida em nossa literatura.

Mais do que a questão, sempre levantada, de um suposto elitismo dos escritores, talvez essa dificuldade de reproduzir em texto a roda-vida de situações e sentimentos que animam um jogo, de recriar com tintas ficcionais o que se passa dentro das quatro linhas, seja o principal fator de limitação. Como afirmava o escritor Flávio Moreira da Costa, a exemplo da arte no sentido tradicional o futebol é "uma expressão em si mesma". De modo que toda expressão sobre o futebol tenderia ao "discurso sobre o discurso", à diluição.

Mas é fato que, embora não tão extensa, nossa produção literária ecoou os diferentes capítulos da história do chamado esporte bretão no Brasil desde que Charles Miller o trouxe da Inglaterra, no fim do século 19. Tanto na crônica, cuja fortuna é significativamente mais extensa, quanto no romance, no conto e na poesia.

Já nos primórdios, a nova modalidade foi pauta entre os ficcionistas. Escritores como Afrânio Peixoto e Coelho Neto saudavam o futebol — na época, restrito à aristocracia — como elemento capaz de ajudar a ensinar a disciplina e a desenvolver o espírito de grupo. Graciliano Ramos, em oposição, revoltava-se contra a "invasão" de um esporte britânico e apostava no fracasso da modalidade por causa do biotipo do brasileiro. "Os verdadeiros esportes regionais estão aí abandonados: o porrete, o cachação, a queda de braço, a corrida a pé, tão útil a um cidadão que se dedica ao arriscado ofício de furtar galinhas, a pega de bois, a cavalhada, e o melhor de tudo, o cambapé, a rasteira. A rasteira! Esse sim é o esporte nacional por excelência!", protestava, sob o pseudônimo de J. Calisto, em artigo de 1921.

O maior opositor, porém, foi Lima Barreto. Indignado contra o caráter elitista dos clubes, ele chegou a fundar, em 1919, uma "Liga Contra o Foot-Ball". O objetivo era alertar contra os malefícios da prática do jogo de bola, como brigas e contusões, e lutar pela proibição do esporte.

Com a popularização, que acabaria por mudar radicalmente o perfil elitista dos primeiros anos, as polêmicas diminuíram de intensidade, mas não se extinguiram. Na década de 1940, Oswald de Andrade e José Lins do Rego reeditaram o debate, temperando-o com as vaidades do universo artístico. Para Oswald, que via o esporte como um "ardil imperialista", Zé Lins se servia do futebol como "lenitivo" para a própria "escassez literária". A resposta foi dada, embora de forma implícita, na crônica "Fôlego e classe", na qual José Lins observava: "Na verdade uma partida de futebol é alguma coisa a mais que bater uma bola, que uma disputa de pontapés. Há uma grandeza no futebol que escapa aos requintados".

Nessa época, o esporte começava a aparecer também fora do âmbito da crônica. José Lins do Rego dedicara um romance ao futebol (*Água-mãe*) e Alcântara Machado, curiosamente amigo de Oswald, fazia sucesso com *Brás, Bexiga e Barra Funda*, antologia de contos na qual o jogo aparecia com destaque. Mais tarde, autores como Edilberto Coutinho, Sérgio Sant'Anna e Rubem Fonseca abordariam igualmente o tema em suas obras, pavimentando uma estrada na qual hoje caminham colegas contemporâneos, como Flávio Carneiro, Sérgio Rodrigues, Mário Rodrigues e André Sant'Anna.

O time da poesia poderia escalar Vinicius de Moraes, Ferreira Gullar, Armando Freitas Filho e Glauco Mattoso. Todos dedicaram versos ao esporte. Na contenção, jogaria João Cabral de Melo Neto, que chegou a atuar de *center-half* (ou, como se diz hoje, volante) no América de Recife — time para o qual torcia. Tido como um talento promissor, o poeta integrou também a equipe do Santa Cruz, sagrando-se campeão estadual juvenil de 1935, antes de abandonar os gramados.

Já a tradição da crônica futebolística se sedimentou por meio de nomes como João Saldanha, Sandro Moreyra, Armando Nogueira, Mario Filho e Nelson Rodrigues. Os dois últimos, irmãos, foram pioneiros — cada qual a seu modo.

O rubro-negro Mario tirou o fraque e a cartola do texto, abdicando do formalismo em favor de um registro mais próximo do linguajar do torcedor. Além disso, foi peça fundamental na popularização do futebol, promovendo eventos como o Torneio Rio-São Paulo e criando designações hoje clássicas, como o termo "Fla x Flu". Apaixonado torcedor do Fluminense, Nelson via o futebol como síntese da "alma brasileira" e o campo, como um microcosmo das tensões sociais e estéticas do país. Nas crônicas, inventava personagens como o Gravatinha e o Sobrenatural de

Almeida, que interferiam nos jogos, esfumaçando de vez as fronteiras entre realidade e fabulação.

Outros autores-cronistas, embora não tenham se notabilizado pelo registro esportivo, trataram do futebol em seus textos. É o caso de Carlos Drummond de Andrade, Luis Fernando Verissimo e Cristovão Tezza. E também de Clarice Lispector, que em rara incursão no assunto realiza o desejo de Armando Nogueira. O jornalista dissera que, "de bom grado', trocaria uma vitória do seu Botafogo por uma crônica de Clarice sobre futebol. Alvinegra, como o colega de *Jornal do Brasil*, ela respondeu com bom humor — "Se o seu time é o Botafogo, não posso perdoar que você trocasse, mesmo por brincadeira, uma vitória dele nem por um meu romance inteiro sobre futebol" — e fez a tal crônica, publicada com o delicioso título "Armando Nogueira, futebol e eu, coitada".

Na literatura, como na vida, a derrota parece mesmo marcar mais fundo. Às vezes, uma existência inteira. O jornalista e crítico de cinema Paulo Perdigão, por exemplo, foi um obcecado pela derrota da Seleção Brasileira para o Uruguai, na final da Copa do Mundo de 1950. Em sua única investida na ficção, ele escreveu um conto chamado "O dia em que o Brasil perdeu a Copa", cujo protagonista volta ao tempo de garoto para tentar mudar o resultado do jogo. É uma alegoria sobre a inevitabilidade de certas coisas, sobre o papel do "se" no futebol e, claro, sobre a dor pelo que nos escapa por pouco, muito pouco.

A máquina do tempo inventada por Perdigão talvez servisse, décadas depois, a outra viagem até o mesmíssimo estádio do Maracanã. Mais precisamente até o dia 2 de julho de 2008. Quando um marmanjo de 36 anos poderia então descer as arquibancadas, invadir o gramado e distrair o goleiro da LDU enquanto

Thiago Neves marca seu quarto gol, aquele que deu o título da primeira Libertadores ao Fluminense.

Pisar no chão devagarinho

O grupo era composto por um homem e três mulheres, todos brancos, na casa dos 40 anos. Trajavam roupas que sugeriam o status de membros da classe média alta carioca e haviam chegado à Praça Paulo da Portela, em Oswaldo Cruz, para ver os shows de Fabiana Cozza e Martinho da Vila, parte da extensa (e incrível) programação do Trem do Samba.

O evento, que chegava à 28ª edição, foi criado pelo cantor e agitador cultural Marquinhos de Oswaldo Cruz. Além de marcar o 2 de dezembro, Dia Nacional do Samba, propõe uma evocação das viagens feitas pelos músicos que se dedicavam ao gênero na década de 1920. Assim como outras manifestações de matriz africana, o samba era proibido no Rio de Janeiro. Os compositores e ritmistas então se reuniam na Estação Central do Brasil, logo após o expediente, e embarcavam rumo aos subúrbios. Nos vagões, sem a vigilância da polícia, podiam tocar e cantar com liberdade. É o que reencenamos a cada ano, com o trem ocupado por conjuntos percussivos cujo repertório homenageia os artistas que já se foram, mas sem deixar de apontar para o futuro.

O movimento de drible coletivo na repressão era comandado por Paulo da Portela. Ele que hoje dá nome à praça onde aconteceu o episódio envolvendo o grupo de quarentões. No local, há um busto com o rosto de Paulo. É um reconhecimento de sua importância para a história do samba e também para a formação da própria Portela, cuja primeira sede funcionava ali.

Pois o rapaz que acompanhava as três moças achou por bem pendurar uma grande bolsa de couro no pescoço da efígie esculpida em bronze. O que levou meu amigo Luiz Espírito Santo a interceder. Morador do Méier, bairro próximo a Oswaldo Cruz, professor de Geografia e frequentador assíduo da quadra da Portela, ele pediu educadamente que a bolsa fosse retirada.

— Houve um mix de perplexidade com meu pedido. As amigas dele começaram a rir, a desdenhar — conta. Ao ver o homem se aproximar novamente do busto, Luiz supôs que, apesar da chacota, seu pleito seria atendido. Mas não. O rapaz subiu na base que sustenta o busto, abriu a capanga, retirou um pouco de maconha e voltou a apoiar a bolsa sobre a escultura.

Prevendo um confronto que estragaria a noite, Luiz decidiu ir embora. A justa revolta acabou expressa em post nas redes sociais. Reproduzo o relato aqui porque, embora não possamos afirmar que espelha uma conduta disseminada, tampouco se trata de caso isolado.

Um dos méritos do Trem do Samba é justamente quebrar, ainda que por algumas horas, a mão única que caracteriza o trânsito entre as zonas Norte e Sul. O morador do subúrbio costuma ir às áreas mais abastadas, seja para trabalhar, fazer seu corre ou dar um simples mergulho no mar. O oposto, contudo, é ocorrência rara. O Rio é uma cidade que não se conhece e nem parece fazer questão de se conhecer.

Por isso, ainda que muitas vezes o deslocamento até Oswaldo Cruz seja envolto por uma visão pitoresca, falsamente antropológica, é louvável que milhares de cariocas se permitam sair um pouco de sua confortável bolha. E, diga-se, sejam recebidos com tanta gentileza. Bares, restaurantes, barracas de lona, carrinhos de ambulante... O bairro se enfeita e acolhe os visitantes como quem oferece bolo de fubá e café recém passado.

Mas ao convidado também cabem cortesia e respeito. Fortemente centrado em um saber afrodiaspórico, trazido pela população expulsa das regiões nobres da cidade, o universo suburbano ressoa fundamentos que estão na ossatura do samba e da macumba, dois entes que quase sempre se interpenetram. Nesse sistema de conexões entre o ser e o mundo, ancestralidade não é passado, e sim refazimento, vínculo com o presente. Não se chega em uma roda de samba sentando e pegando o pandeiro, o tantã ou o cavaco. Não se entra no terreiro mexendo em assentamento. E não, não se pendura mochila em busto de baluarte.

Há uma brutal diferença entre símbolo e emoji, sacralidade e fetichismo. "Alguém me avisou/ Pra pisar nesse chão devagarinho", já cantava Dona Ivone Lara, dando a letra.

Fim de tarde no Bar Brasil

Ao sair da reunião de trabalho e pôr o pé na rua, sinto no rosto a brisa quente do inverno com jeito de verão. Um chope, quem sabe? Coisa rápida. Em poucos minutos, estou sentado a uma das mesas do Bar Brasil.

Era a única ocupada no fim de tarde daquela terça-feira. Ao me ver, William aciona a histórica chopeira torneada em bronze e já traz o *schinitt*. Quatro dedos de colarinho — irrepreensíveis — cobrem a caldereta. Peço uma salsicha branca para acompanhar. E, com o celular desligado, começo a passear os olhos pelo salão vazio.

Situado na esquina das ruas Mem de Sá e Lavradio, na Lapa, o Bar Brasil é uma das joias da cidade. Foi fundado em 1908, com o nome de Zeppelin, que seria trocado na época da Segunda Guerra. Ainda hoje mantém o ancestral refrigerador de madeira, a estante com as bebidas "quentes" e garçons vestidos à moda clássica: calça preta e camisa branca. No teto revestido em chapisco, três ou quatro ventiladores garantem um pouco de refresco contra o calor. Luta inglória.

Embora sirva aquele que é, de longe, o melhor chope do Rio, já há alguns anos o Brasil vem perdendo clientes. A falta de ar-condicionado pesa na equação. Além disso, muitos preferem os bares da moda, com música alta e drinks descolados, ou as anódinas franquias que se espalham pela cidade, corroendo peculiaridades, histórias, minúcias. Novos rostos atrás do mesmo véu, como cantava o Cazuza.

Sozinho no salão, pergunto ao William como anda o movimento.

— Desabou. Aos poucos, com a retomada do trabalho no Centro, vem melhorando. Principalmente na hora do almoço. Mas à noite...

William tem 33 anos e trabalha há dez no Bar Brasil. Nossa conversa é interrompida por três homens engravatados que o abordam pedindo o cardápio. Após a rápida conferida, um deles questiona se a cozinha pode preparar algo ligeiro. Uma fritada, sugere.

Os homens se vão, William retorna.

— Queriam um ovo — comenta, com uma expressão gaiata no rosto. E voltamos ao assunto.

— Lembra daquele lugar ali? — ele aponta para a mesa redonda, maior que as demais, que fica ao centro do salão.

— Sim, vinham sempre uns senhores de cabelo branco — respondo.

— Isso. Eram cinco, depois eram dois, agora ninguém...

Um instante de silêncio se impõe. Tento checar as horas no relógio que traz ao fundo um escudo do América e fica dentro do balcão, próximo à chopeira. Está quebrado.

— O dono prometeu que vai mandar consertar — diz William.

Talvez as horas tenham mesmo parado desde que cheguei em busca de um chope. Observo as arandelas, o cartaz com a promoção do bolinho de carne, os lustres redondos em cor gelo, o biombo que fica à entrada, a fim de proteger a intimidade de quem está no interior do bar.

Nesse movimento, os olhos encontram um calendário. Presas à parede com um solitário prego, suas folhas se debatem numa leve oscilação. "Setembro de 2021", informa o papel.

Regresso, então, dessa espécie de reticência no tempo. Escrever a crônica da semana, revisar dois artigos do trabalho, finalizar a inscrição no edital da prefeitura, ler os textos do mestrado, comprar produtos de limpeza, pagar a mensalidade do *streaming*, preparar a mochila da escola de Lia.

— Traz a saideira, William. E a conta.

Já na rua, antes de chamar o táxi, me volto mais uma vez para o bar. E, por alguns segundos, contemplo o salão esvaziado só para ter a certeza de que ainda está ali.

O homem autoajuda

Escritor e compositor de mão cheia, Antônio Maria defendia que o pior encontro casual é aquele em que nos deparamos com o homem autobiográfico. "Ele chega, senta e já começa a crônica de si mesmo", relata, contando como o tal sujeito informa nos mínimos detalhes cada passo que deu: o banho tomado logo cedo, o café "reforçado", as notícias escolhidas nos jornais do dia.

"Quanto à roupa, nunca liguei muito, mas camisa e cueca, tenha paciência, eu mudo todo dia", discorre o homem autobiográfico. Ao que o cronista, afiado, retruca: "O 'tenha paciência' é porque está absolutamente certo de que estamos com a camisa e a cueca de ontem". A explanação do homem autobiográfico só terminará com as ações noturnas. Vestir o pijama, jantar, deitar-se no sofá e ver televisão, com os filhos esparramados sobre a barriga.

Pensei no sujeito retratado por Maria quando, por um daqueles azares que às vezes nos assaltam num dia tranquilo, me sentei para o chope pós-trabalho. Na mesa ao lado, o casal conversava sobre a maré braba enfrentada por um terceiro, amigo da dupla. A demissão coincidira com o fim de uma longa relação amorosa, o pão só caía com a manteiga para baixo, coisa e tal. Eis que veio a frase, com relevos de iluminação: "Ele precisa entender que toda crise é uma oportunidade".

Meu chope esquentou na hora.

Daí em diante, não consegui mais tirar os ouvidos da mesa vizinha. Queria saber até onde iria a impressionante sequência de clichês que aquele primeiro comentário desencadeou, como uma bica aberta.

Naturalmente, cada sentença era revestida de certo verniz intelectual. Na fala sobre as oportunidades da crise, por exemplo, houve uma longa explicação sobre ideogramas chineses. O termo "weiji", que significa "crise", viria da junção de dois outros — "wei" (perigo) e "ji" (oportunidade) —, resultando então no vocábulo paradoxal que indica morte mas também renascimento.

Os estudiosos do mandarim já se cansaram de desmentir essa história, mas não me cabia interceder no papo, e sim observar. "A gente precisa, quando acorda, mentalizar que será um dia bom", recomendou o rapaz. "Falar para nós mesmos: eu posso e vou conseguir".

Àquela altura, tudo o que eu sonhava conseguir era mais um chope na pressão. E, vejam que sorte a minha, bastava pedir ao garçom.

Foi enquanto aguardava o *schnitt* que compreendi que ali estava uma típica figura dos nossos tempos: o homem autoajuda. Diferentemente daquele identificado por Maria, que se atinha a narrar a própria vida e os próprios feitos, esse novo tipo é um altruísta. Por mais que deixe vazar alguns rasgos de vaidade intelectual, realmente crê nas propriedades mágicas das frases que pronuncia. Tem sempre soluções prontas, fórmulas infalíveis. A vida é bem mais complexa, claro, mas não quebremos a empolgação do moço.

Até porque seus conselhos são invariavelmente dados em tom professoral. Ele disserta como um sábio, um prócer da racionalidade, um estudioso da alma humana. Cada problema está catalogado na mesma bula que traz a respectiva solução. Basta aplicar na dosagem recomendada. Bingo! Questão dirimida.

Antônio Maria só admitia a lucidez em dois casos: o dos bêbados e o dos poetas. Se pudesse ainda hoje fazer a ronda dos bares cariocas, talvez temesse o homem autoajuda assim como temia o autobiográfico. Em 15 de outubro de 1964, caminhava em direção ao restaurante Le Rond Point, em Copacabana, quando sofreu um infarto e não resistiu. Tinha minguados 43 anos. Como diria o homem autoajuda, ficará eternamente em nossos corações.

Feijão com nome de porco

No Rio de Janeiro, quando se fala em feijão, não é preciso recorrer a classificações. Feijão é feijão preto, está subentendido.

Mas basta ultrapassar as fronteiras que a coisa muda. Recentemente, participei de um circuito literário que envolveu oito cidades catarinenses. O périplo, é claro, incluía paradas para o almoço, já que escritores bem alimentados costumam render melhor em suas falas. E foi numa dessas cidades que a questão se apresentou.

O restaurante funcionava no sistema *self-service*. Cada recipiente trazia um tipo de comida, algumas mais promissoras, outras melancólicas como uma alface molhada. Já havia enchido metade do prato quando me deparei com a plaquinha: "Feijão carioca".

Dentro do retângulo do buffet, dormia um feijão marrom claro, caldoso, que só lembrava o preto pelo formato dos grãos. "Quase ninguém come esse feijão lá no Rio", comentei com a Débora Ferraz, escritora pernambucana que me acompanhava na viagem. Ela ficou surpresa: "Mas não se chama carioca?"

Somos mesmo exceção nesse quesito. O tal feijão que carrega nosso gentílico virou preferência nacional. É o mais cultivado e também o mais consumido no Brasil. Entre as diferentes espécies do gênero, responde por 60% da produção. Mas o que me intrigava não eram os dados estatísticos e sim a origem de seu apelido. E a explicação, logo descobri, nada tem a ver com o purgatório da beleza e do caos onde vivo.

Embora alguns jurem, sem fazer figa, que o nome se deve à semelhança das listras dos grãos com o Calçadão de Copacabana, a história passa longe da orla. Começa especificamente em Palmital, no interior de São Paulo, onde há meio século um agricultor percebeu o surgimento de um feijão rajado, e de cor pouco usual, em sua lavoura.

O aspecto lembrava um tipo de porco criado ali mesmo naquela região. Com pelagem em marrom desbotado e pequenas manchas escuras, a raça era chamada de "Carioca". O termo acabou passando dos bichos para o feijão.

Hoje pouca gente conhece o porco carioca, talvez apenas veterinários, zootecnistas e os moradores de Palmital. Já o feijão carioca é sucesso em todo o país. Menos no Rio. Onde almoço digno do nome é com feijão preto. E café da manhã, com pão francês, que nunca foi visto na França.

Ótimo bar ruim

Estive poucas vezes no Bar Filial, que costumava lotar a esquina entre as ruas Fidalga e Aspicuelta, na Vila Madalena. A mais memorável — ou desastrada, dependendo do ponto de vista —, uma noite pós show dos irmãos Ramil, na qual resolvi fazer graça com o cachecol que Kleiton ostentava ao entrar no estabelecimento. "Tá com frio, tchê?". De resposta, um boa noite polido.

Com as idas a São Paulo rareadas pela pandemia, não soube que o Filial havia fechado as portas. Tampouco sobre sua reabertura, com nova administração. Quem me deu a notícia foi o jornalista Marcos Nogueira, que mantém o blog Cozinha Bruta no site da *Folha de S. Paulo*. Frequentador do Filial por mais de dez anos, Nogueira publicou uma bela e melancólica resenha sobre o espaço repaginado e agora gerido pelo grupo Fábrica de Bares. "O Filial renasceu: não estaria melhor morto?", indaga ele no texto.

A pergunta traz o eco das noites passadas ali, entre conversas, caldeiretas e, não raro, cadeiras de ponta-cabeça. Com a intimidade de quem batia ponto quase diariamente no lugar, Nogueira lembra dos bolinhos de arroz bem fritos, do caldo de feijão com torresmo, da coxinha gostosa, "sempre fria no meio". E não se furta a comparar: "A comida não está pior do que antigamente, talvez esteja melhor, mas pouco importa". O Filial, sugere ele, perdeu aquilo que mais vale num bar: sua alma.

Sim, porque certos bares têm alma. Outros, por melhores que sejam a cozinha, o serviço, as instalações, parecem corpos sem espírito. Podem agradar aquele cliente pretensamente antenado cujo gosto se define pelas listas da moda, pelo drink do momento, mas o encanto é fugaz. Como a bolha de sabão que infla, brilha por alguns segundos e logo se dissipa. Invoco um segundo cronista, o mineiro Paulo Mendes Campos: esses bares podem merecer nosso entusiasmo, mas jamais merecerão o nosso amor.

A alma, aliás, é o segredo de um dos maiores paradoxos da boemia: o ótimo bar ruim. Não, caro leitor, não se trata de erro da revisão. Os adjetivos colidentes aqui se justificam.

Refiro-me àquele boteco que não se destaca por suas dependências, que serve um chope não mais que mediano, cujos petiscos ficam no limite do insosso, mas nos ganham pelo universo que encerram em si mesmos. Pelo prazer intangível de simplesmente estar ali.

O Rio de Janeiro é pródigo nesse tipo de bar. São Paulo, como mostra Marcos Nogueira, também tem os seus. E assim cada diferente cidade ao longo do país. O ótimo bar ruim é uma instituição genuinamente brasileira.

Mas, seja um ótimo bar no sentido estrito ou um ótimo bar ruim, há algo que não muda. O fato de que a perda da alma significa, inexoravelmente, o seu fim. Ainda que, após encerrar as atividades, seja reinaugurado com o nome de sempre, os mesmíssimos móveis, no endereço original.

    Por isso fecho com meu colega paulista. Sem alma, melhor que acabem de vez. E fiquemos nós, seus órfãos, a recordá-los, a contar as suas, as nossas histórias. Uma forma mais digna de não deixá-los morrer.

Romeu e Julieta

Foi de meus pais que herdei o hábito de comer fora. Com chuva ou sol, todo domingo saíamos de carro para almoçar. O debate sobre o restaurante rendia pendengas longuíssimas — muitas vezes, traumáticas. Mas até a chegada do garçom à mesa, a demanda já estava pacificada. Nos dias de trabalho, meu velho comia nas pensões ali pelo entorno da Avenida Edgard Romero, onde ficava sua loja. Sempre preferiu comida caseira, ainda que fora de casa. Rabada, carne de panela, dobradinha. O que não variava era a sobremesa: goiabada com queijo. Ou melhor, Romeu e Julieta.

Quando criança eu adorava esse nome, embora não conhecesse ainda as peças de Shakespeare. A junção dos substantivos masculino e feminino me sugeria um casal. Nada mais. Alguns anos depois, fui entender que a sobremesa efetivava a união entre os dois, que não tinha sido possível no âmbito da ficção. "Tudo que é feliz não tem direito à eternidade", diz um verso de Délcio Carvalho e Dona Ivone Lara. Pois a goiabada com queijo desmentiu, com galhardia e sabor, a canção. Ponto para a baixa gastronomia.

Surpreendente é saber que esse apelido se popularizou graças a uma campanha publicitária. No começo dos anos 1960, o desenhista Maurício de Sousa foi contratado para criar a nova embalagem da goiabada Cica. Então pegou dois de seus mais famosos personagens, Cebolinha e Mônica, e caracterizou como Romeu e Julieta. Não demoraria até que pulassem das latas da Cica para os cardápios dos restaurantes. Até porque a combinação do doce com o salgado tinha tudo a ver com o romance entre jovens de famílias rivais, que Shakespeare ambientou na cidade italiana de Verona. A Cica encerrou suas atividades em 2003, mas a sobremesa continua por aí, firme como a obra do Bardo.

Nas incursões com meu pai pelas pensões suburbanas, não nos limitávamos a Madureira. Frequentamos casas de "comida honesta" — como ele gostava de frisar — em Cascadura, Bento Ribeiro, Oswaldo Cruz, Campinho, Piedade. Foi uma verdadeira introdução ao paladar brasileiro e também a seu riquíssimo idioma. Sim, porque descobrir a origem dos nomes dos pratos é quase tão prazeroso quanto devorá-los.

O que dizer do Bife a Cavalo? Um filé coberto por dois ovos que, por lembrar selas de montaria, os franceses começaram a chamar de *Bifteck à Cheval*. Por lá, é conhecido igualmente como Ovo a Cavalo (*Oeuf à Cheval*), designação mais apropriada, já que são os ovos que montam a carne. O prato logo se popularizou em terras tupiniquins. E, aqui, ganhou nova versão. No Bife à Camões, há apenas um ovo, donde a "homenagem" ao poeta português, que era caolho. Dia desses um amigo se deparou com o Bife à Peritivo, mas aí já é licença poética.

Já o tradicional Filé à Francesa nunca foi servido na Cidade Luz, nem em seus arredores. Nasceu na Lapa carioca, mais especificamente no restaurante Capela (hoje, Nova Capela), onde um contumaz cliente francês pedia que a batata palha viesse acompanhada de presunto, cebola e ervilhas. De tanto os garçons comandarem o "filé do francês", a corruptela virou nome.

O Arroz à Piemontese tampouco consta nos cardápios do Piemonte, assim como Bife à Parmegiana inexiste em Parma. Se você pedir um Arroz à Grega em Atenas, ninguém vai saber do que se trata. São, todos, brasileiríssimos. Alguns foram criados por imigrantes que desejavam preparar seus quitutes, mas não encontraram os ingredientes em nossos mercados. É o caso do Piemontese, uma gambiarra do risoto. Outros ganharam identidade por questões meramente pessoais, como a que moveu dona Silvia Maria do Espírito Santo, uma cozinheira de Campinas, a batizar de Torta Holandesa seu pavê repaginado. O tributo aos tempos em que viveu em Amsterdam.

Embora meu pai tenha sido o condutor de toda essa viagem, das ruas de Madureira ao continente europeu, ao longo de toda a sua vida nunca conversamos sobre o assunto. Ele era um homem prático. Nos bares e nas pensões, preferia falar das coisas da loja, do seu Botafogo, ou simplesmente exercitar o levantamento de copo e garfo. Língua, só mesmo se acompanhada de um bom purê de batatas.

Seu Nonô e o Pão-Duro original

Roberto não era um amigo próximo. No retrovisor em que agora miro a adolescência, vejo um colega de praia e shopping. Um parceiro de futebol de botão, sobretudo. As partidas entre o Tradição, meu time, e o Misto, que ele comandava, sempre geraram disputas renhidas. Se o jogo acontecia na mesa adversária, o entorno do campo ganhava faixas da torcida local, pequenas tiras de papel sustentadas por palitos, nas quais se podia ler: Jovem Misto, Independente, Raça Chope. Com o passar dos anos, as partidas rarearam e o Roberto deixou de ser Roberto para ser simplesmente o Nonô.

O apelido vinha de um personagem da novela *Amor com amor se paga*, grande sucesso da TV Globo naquele ano de 1984. Sovina radical, Nonô Corrêa ganhou existência na interpretação de um inspiradíssimo Ary Fontoura. Sua avareza se explicitava em atos extremos, entre elas a instalação de cadeados na geladeira e nos armários da casa, para evitar que as filhas comessem mais do que supunha necessário. Não que carecesse de recursos. Como um Tio Patinhas tupiniquim, mantinha em segredo um imenso depósito de moedas de ouro.

Ignoro onde anda hoje o Roberto. E ninguém mais chama de Nonô o sujeito que parece ter um escorpião no bolso. O substantivo próprio perdeu o vínculo com a sovinice quando o personagem caiu no esquecimento. Roberto talvez ainda seja um notório pão-duro, mas seu apelido já não carrega essa informação. Aqui uso uma expressão bem mais remota e que, quase um século depois de surgir, mantém o vigor.

A história é curiosa e começa com um espanhol chamado José Ramos Tápias Alonso. Nascido em Santa Maria de Tebra, na Galícia, ele imigrou para o Brasil com pouco menos de 30 anos. Instalou-se no Rio de Janeiro, então capital, onde começou a trabalhar como pedreiro. Embora solitário e discreto, em pouco tempo viria a se transformar em um daqueles tipos que a gente pode chamar de anônimos famosos: suficientemente conhecido nas ruas da cidade, mas não a ponto de transcendê-las.

Alonso morava num quarto modesto, no segundo andar do prédio de número 1 da Rua Visconde do Rio Branco. No cômodo, havia apenas o colchão, a caixa de madeira com ferramentas e o móvel onde pendurava as poucas roupas — em geral, calças puídas e a camisas de chita.

A rotina era bem demarcada. Acordava cedíssimo, vestia seus trapos e descia até o térreo do edifício. Ali ficava a Padaria Santa Maria, onde invariavelmente comprava dois pães dormidos, que saíam pelo preço de um pão fresco. Não demorou até que lhe rendessem uma alcunha.

"Lá vem o Pão-Duro", passaram a comentar os vizinhos quando ele cruzava as ruas do Centro a caminho do trabalho, que ninguém sabia dizer qual era. De boca em boca, o apelido chegou ao restaurante Parreira de Vizeu, onde Alonso almoçava todos os dias, e rapidamente se espalhou.

Fundamento não faltava. Para ler o *Jornal do Commercio*, pedia emprestado o exemplar de algum incauto. Os banhos diários se limitavam a uma rápida ducha — sabonete lhe parecia supérfluo. Tomava o café ainda de madrugada, almoçava por volta das nove da manhã e dormia cedo só para não ter que jantar. Antes de embalar no sono, enrolava cigarros de palha que seriam vendidos aos praças do Exército na Cidade Nova. Um extra na renda obtida como pedreiro.

Comentava-se, à boca pequena, que Alonso era um homem rico. O rumor se confirmaria com sua morte, em 1933. Pão-Duro mereceu alentados obituários na imprensa. *A Noite, A Batalha, o Correio da Manhã, O Malho, o Diário da Noite, O Radical e A Gazeta Popular* foram alguns dos veículos que publicaram matérias, algumas em primeira página. Os textos manifestavam espanto com a fortuna encontrada no minúsculo quarto da Visconde do Rio Branco após o falecimento: depósitos em cadernetas de poupança no Banco Ítalo-Belga, no Banco Nacional Ultramarino, na Caixa Econômica Federal, no Banco do Brasil e no Citibank; vinte invólucros contendo cédulas de dinheiro; apólices da Dívida Pública e do Estado de Minas Gerais. Além disso, moedas de ouro e escrituras de vários imóveis, entre eles a do próprio edifício onde morava e a do sobrado do restaurante Parreira de Vizeu.

Terminado o balanço, constatou-se que seu patrimônio ultrapassava os dois mil contos de réis. Uma fortuna para a época. A descoberta da prosperidade oculta sob o perfil humilde e reservado renderia artigos laudatórios, como o assinado por um tal João Luso no jornal *A Noite*. "Em vez de comprar o objeto cobiçado, [Pão-Duro] contenta-se e plenamente se satisfaz com a certeza de que o compraria, se quisesse", pondera o autor, para então concluir: "E assim, de algum modo o adquire, sem bulir o seu dinheiro. É um sistema nítido, singelo e que tem uma suprema vantagem. Evita o enfado e o fatal desengano da posse, como esta geralmente é exercida".

Em texto não assinado, o *Correio da Manhã* subscreveria: "O desequilíbrio do mundo, toda a inquietude da hora que passa reside, para muitos, em razões de ordem econômicas. Pão-Duro encarregou-se de mostrar ao mundo o corretivo para seus males".

Poucos dias após a morte de Alonso, o suplemento de rotogravura de *A Noite* arriscou-se a prever que o epíteto viria adjetivo: "Há de por longos anos simbolizar a avareza, na propriedade tão eloquente dessas duas palavras".

Não poderia ter acertado mais. Desde então, a cidade identificou novos Pães-Duros e, análises ontológicas à parte, a expressão acabou mesmo colando no imaginário popular. Gente como o Nonô, agora novamente chamado de Roberto, e tantos outros cuja principal marca é ser mão-fechada, mão de vaca, unha de fome. Você decerto conhece um.

Mas Alonso, o Pão-Duro original, não partiria sem promover o *grand finale* de sua vida tão dedicada à avareza. Ao fechar os olhos pela última vez, aos 80 anos, deixou pendurada uma conta de 729 mil réis no Hospital da Beneficência Espanhola.

Café Brasilero

Sempre tive um fascínio pela relação das pessoas com seus lugares de afeição. Aqueles que, depois de algum tempo, a gente transforma em casa. Onde basta chegar para que a tristeza pareça menos triste e a alegria, essa matéria baça, ganhe de súbito uma precisão rara.

Já estava em Montevidéu havia dois dias, entre *ojos de bife* e copos de Tannat. Circulava sem rumo pelas ruas da cidade, insubmisso à cartografia, até o momento em que me deparei com a imponente fachada do Café Brasilero — grafado assim mesmo, sem o "i". Era minha quarta viagem para a capital uruguaia e não demorei a constatar que nunca tinha entrado ali.

Localizado na Rua Ituzaingó, 447, na Ciudad Vieja, ao longo de sua longa história o Brasilero se transformou num ponto de encontro para artistas e intelectuais. O escritor Mario Benedetti era presença assídua, assim como o cantor Carlos Gardel. Juan Carlos Onetti foi outro freguês rotineiro e o que se conta por lá é que seu referencial romance *O poço*, publicado em 1939, nasceu no centenário bar.

Onetti gostava do café forte e sem açúcar. Carregava sempre três canetas e um único caderno, onde fazia suas anotações. Certa tarde, ao se ver sem papel, passou a rabiscar o tampo da mesa do Brasilero. No dia seguinte voltaria para transferir para um bloco os apontamentos gravados na madeira. "Ele apagou as palavras com óleo e depois, como estava cansado de pintar e pintar, disse ao então proprietário que lhe vendesse aquela mesa para que pudesse arranhá-la quando quisesse", relata Santiago Gómez Oribe, atual dono do café.

Mas o cliente mais habitual era mesmo o jornalista e escritor Eduardo Galeano. Por mais de duas décadas, ele bateu ponto no Brasilero. Gostava de chegar pela manhã e, para acompanhar a leitura do jornal do dia, pedia um "cortado" ou uma mistura de café com creme, doce de leite e licor Amaretto, que acabou ganhando seu nome. Se a alma rogava um bocado de álcool, uma taça de vinho tinto resolvia.

"Sou filho dos cafés de Montevidéu. Neles aprendi tudo que sei, foram minha única universidade", afirmava Galeano.

Nossas obsessões são plantas delicadas que regamos com esmero e dedicação. Tenho as minhas. E se me encanta o vínculo das pessoas em geral com os diferentes cantos da cidade, isso é ainda mais forte quando se trata de escritores. Me apraz conhecer os lugares que falaram ao coração dos autores que admiro. Não por fetichismo, mas pela vontade de entender seus apegos, suas pequenas ternuras.

Daí a decisão de entrar no Brasilero naquela quarta-feira. Encontrei o salão ainda vazio, o que permitiu que observasse os lustres de latão em estilo Art Nouveau, as fotos penduradas nas paredes, as cadeiras e mesas de madeira maciça, o lindo espelho ao fundo do balcão.

Fundado em 1877, o Brasilero oferece jornais impressos aos fregueses, e só isso já me deixou comovido.

Fiz questão de me sentar à mesma mesa em que Galeano costumava ficar, logo na entrada, próxima à janela. A simpática atendente me trouxe um expresso, um suco de laranja e o exemplar de *El País*. Montevidéu se movia do lado de fora, no andar apressado dos passantes. Do lado de dentro, a cidade pulsava em outro tempo. Um tempo que não é linear. É ontem, hoje, amanhã. Uma espécie muito própria de eternidade.

A Bahia tem um jeito

Muitas das minhas paixões nasceram de uma segunda chance. No primeiro encontro, aversão. Que logo se transforma no seu oposto, como se o salto entre duas calçadas não tivesse a rua no meio. Uma passagem breve, embora abrupta.

Foi assim com o Bip Bip, o querido boteco de Copacabana. Na visita inaugural, jurei nunca mais voltar lá. E, contudo, é o que tenho feito quase que semanalmente há pelo menos vinte anos. Sorte a minha.

Salvador é outro desses casos de amor à segunda vista. Conheci a capital baiana em 2002, numa viagem a trabalho que me permitiu algumas escapadas. Elevador Lacerda, Mercado Modelo, Pelourinho, Itapuã. Voltei sem entender por que diabos as pessoas a elogiavam tanto. Pareceu-me mais um cenário do que uma cidade.

Poucos anos depois retornei e a impressão foi radicalmente distinta. Pude sentir, nos longos passeios, a Bahia dos livros de Jorge Amado, das canções de Caymmi, das gravuras de Carybé e

Calasans Neto. Não como dimensão mítica ou estetização folclórica, mas num espelhamento — a literatura, a música, a arte visual traduziam tanto a geografia quanto aquele que define a gênese de uma cidade: seu axé. Assim tem sido a cada revisita.

*

Já lembrei certa vez, numa crônica, a tradicional máxima do samba segundo a qual em terreno novo devemos pisar devagarinho. Ela vale igualmente para as cidades em que aportamos. Antes de fazer afirmações categóricas — tal lugar é isso ou aquilo — convém viver efetivamente seu cotidiano. Primeiro, pisar o chão devagar.

A Salvador dos meus afetos não é, portanto, a de alguém que nasceu ou mora lá. Não sei quanto o "estado de férias" colabora para essa sensação constante de descoberta. Se a cidade me oferece os encantos habituais — o sorvete de doce de leite com queijo d'A Cubana, a orla que margeia a Baía de Todos os Santos, os orixás iluminados no Dique do Tororó, a Casa do Rio Vermelho —, há sempre uma delícia nova que se apresenta, como o vatapá guardado dentro do bolo de feijão-fradinho. A impressão é de que o tempo se refestela numa rede. E balança, sem afobação.

Na recente viagem, foram poucos dias. Mas o suficiente para desvendar uma cidade que ainda não havia mapeado. Conheci o Terreiro da Casa Branca do Engenho Velho, primeiro templo de candomblé a ser tombado como patrimônio histórico material no Brasil. Provei a poqueca, mistura de camarão, coco de licuri, coentro e pimenta malagueta, servida no interior de uma folha de bananeira no restaurante Dona Mariquita. Percorri as ruas singelas de Santo Antônio Além do Carmo — e um bairro com esse nome, convenhamos, já nos ganha de cara.

*

Pra não dizer que só falei de flores, trago um acontecimento do primeiro dia de viagem. Feito o *check in* no hotel, me sentei no Boteco do Caranguejo, na Barra, com o intuito de almoçar. Ainda bebia a primeira cerveja quando ouvi o furdunço. O menino, com uma garrafa quebrada na mão, dizia que ia matar o segurança do restaurante. Logo levou uma banda e caiu no chão.

Algo havia acontecido antes, claro. O fato gerador da confusão. Mas o presente tomava tudo. Então uma mulher que saía da praia interveio. Deteve o garoto, que ainda assim insistia: "Vou matar ele! Vou matar ele!". O segurança, a essa altura, desaparecera no fundo do bar. A polícia foi chamada, formou-se uma roda de curiosos. A mulher berrava que vidas negras importam, discursava, sem perceber que, na queda, o menino se cortara. Sua mão sangrava abundantemente. Ele precisava lavar o machucado, talvez levar pontos.

*

Há quem vá para uma cidade brasileira querendo fugir do Brasil. A esses, Salvador nada tem a oferecer. Assim como no Rio, é possível encontrar na capital baiana, lado a lado, a dor e a delícia que nos constituem. A brisa quente que carrega o cheiro do dendê, perfumando a tarde, e um garoto preto apanhando de um segurança igualmente preto. No mesmo ponto, na mesma hora.

*

Meu amigo Luiz Antonio Simas costuma afirmar que a chibata que bate no lombo e a baqueta que bate no couro do tambor são faces de uma única moeda. Filha da diáspora, Salvador traz essas marcas de padecimento e reinvenção.

Os corpos desfilam pela praia sem vergonhas — barrigas, celulites, gente como a gente —, dançam alheios às prisões da estética ou do pudor.

Na noite de réveillon, fui tomado pela imagem do homem que remexia os quadris, acompanhado apenas de um copo de plástico, na calçada da Praia da Barra. Aproveitava a música do entorno, qualquer que fosse. Uma festa em si próprio.

Dois mil e vinte dois respirava seus primeiros minutos e eu, inebriado de espumante e de uma estranha alegria, pensava: o Brasil é mesmo capaz de transformar a gambiarra em arte.

*

As crônicas de Antônio Maria foram uma companhia constante ao longo da viagem. Pernambucano radicado no Rio, Maria morou em Salvador entre 1944 e 1947, quando era diretor-artístico da Rádio Sociedade da Bahia. Alguns de seus textos ecoam essa experiência.

O cronista fala da "incomparável doçura do povo", marca que distingue ainda hoje o soteropolitano. Da Baixa do Sapateiro, das festas de rua. "Nenhuma cidade tem tantas", diz. Saúda a galinha do Manoel, "a melhor comida de toda São Salvador", e evoca a temporada em que o poeta Pablo Neruda esteve por lá. "O céu azul, as comidas de azeite eram de ouro, duas, três vezes por dia", conta o escritor, antes de se lamentar: "Saí da Bahia condenado a todas as suas lembranças e saudades".

Entendo o sentimento de Maria. Daí recordar o estio recente, ainda que no âmbito da palavra, quase sempre precário. Mas as viagens acabam e é preciso também encerrar esta crônica. A bem do leitor, que seja então como finda o dia. Onde? Lá mesmo, em Salvador. Com o pôr-do-sol do Porto da Barra. Se há um mais bonito no mundo, eu nunca vi.

João do Rio no Baile do Passinho

No dia 23 de junho de 1921, o coração de João Paulo Alberto Coelho Barreto parou. O extenso nome estampado na cédula de identidade do falecido não foi, porém, o que correu de boca em boca pela cidade, a ponto de atrair mais de 100 mil pessoas — quase dez por cento da população da época — a seu funeral. Para aquela impressionante multidão, o homem que morrera aos 39 anos no banco traseiro de um táxi, deixando um rastro de desolação pela então capital da República, era simplesmente João do Rio. O pseudônimo mais conhecido entre os muitos que adotou havia se colado a ele de tal forma que Paulo Barreto ficara circunscrito aos documentos.

"Gente modesta vestindo roupas de todo o dia, cavalheiros de luto, senhoras trajando sedas negras (...) foram portar nas ruas por que passaria o préstito, para prestar as homenagens do seu carinho e da sua admiração. (...). Os choferes prestaram todas as homenagens que puderam ao saudoso defensor e amigo. Não só as associações da classe mandaram depositar coroas sobre o féretro, como os proprietários de autos deram passagem gratuita, de todos os pontos da cidade à avenida, aos que pretendiam associar-se à tocante homenagem", relatava, quatro dias após o enterro, o jornal *O Paíz*.

Um contraste com o quase silêncio que marcou a efeméride de seu centenário da morte, ocorrida apenas três anos antes de a FLIP tentar resgatá-lo. Arrisco dizer que, ao menos em parte, esse esquecimento se deve ao fato de ele ter sido fundamentalmente um cronista. Escreveu para teatro, é verdade. Publicou contos e romances. Mas foi na crônica que fez sua grande arte.

Outra razão para o relativo ocaso pode estar ligada à expressão "do Rio" presente no cognome. A cor local ficou demodê, desbancada por um suposto cosmopolitismo cuja premissa desconhece as interseções entre as diferentes metrópoles. "Uma cidade moderna é como todas as cidades modernas", resumiria o próprio João do Rio.

E poucos descreveram tão bem o espaço urbano. A partir do exercício da *flânerie* — o exercício da caminhada que serve à perscrutação —, ele esquadrinhou o fascinante universo das ruas, descrevendo tipos, catalogando gírias, costumes, comportamentos. O *flâneur*, dizia, tem o vírus da observação ligado ao da vadiagem. "Para compreender a psicologia da rua não basta gozar-lhe as delícias como se goza o calor do sol e o lirismo do luar. É preciso ter espírito vagabundo, cheio de curiosidades malsãs e os nervos com um perpétuo desejo incompreensível", assinalou na conferência que viria mais tarde abrir a coletânea *A alma encantadora das ruas*.

Proferida no Instituto de Música em outubro de 1905, era uma homenagem à abertura da Avenida Central (hoje, Rio Branco), marcada para novembro. Acabaria se tornando seu texto mais célebre, embora a audiência no dia tenha sido discreta. Em nota, o *Correio da Manhã* rendeu elogios à apresentação do escritor e destacou os entusiasmados aplausos dos presentes. Lamentou, contudo, o reduzidíssimo público: "Os habituês das conferências preferiram no sábado, à 'Rua' do João do Rio, a velha e vista Rua do Ouvidor".

Foi nessa conferência que qualificou o *flâneur* como um "eterno convidado do sereno", ideia que se conecta ao próprio trabalho. Sua curiosidade sempre acesa lhe permitiu construir uma etnografia original, cuja gênese mesclava crônica e reportagem.

Mais do que os grandes acontecimentos, interessavam-lhe as miudezas da cidade. Roupas, casas de chá, confeitarias, tatuadores, ambulantes, comedores de ópio, malucos de toda sorte. Com essa matéria-prima, ecoou as profundas transformações sofridas pelo Rio no início do século passado.

"Mulato, gordo e homossexual, João do Rio era, segundo os provincianos da República Velha, um exemplo típico do carioca com todas as suas qualidades e seus defeitos", salienta o jornalista João Carlos Rodrigues na alentada biografia que dedicou ao escritor. Como afirma Rodrigues, o cronista "tudo viu e ouviu" — e nos lugares mais díspares: "elegantes recepções no Palácio do Catete, bombardeios durante a Intentona Monarquista em Lisboa, roda de samba numa favela no Largo da Carioca, Cascatinha da Tijuca ao luar com Isadora Duncan...". Não demoraria até se transformar em uma figura popular nas ruas que tanto cortejou.

João do Rio salientou por mais de uma vez a classe média não o seduzia. Seu fascínio se dividia entre a "canalha" — como chamava os setores excluídos pela sanha civilizatória — e a "gente de cima". Dois extremos que acabam por revelar como foi um escritor paradoxal e, por isso mesmo, complexo

Se ainda estivesse por aqui, e com saúde, é bem provável que pintasse na gira do Awurê, na festa charme do viaduto de Madureira, nas reuniões do Leão Etíope, num baile do passinho. Vagueando pelas ruas do Leblon, admiraria a roupa dos rapazes, a gíria das meninas, os bares lotados na Dias Ferreira. Depois a parada em casa, na Vieira Souto, e a caminhada pela orla até Copacabana para um chá à beira-mar na Colombo. Talvez então voltassem à lembrança as tardes no Centro, o que o levaria à passarela trans da Augusto Severo, aos inferninhos da Lapa, não sem antes passar pela Ouvidor, com direito a almoço da Toca do Baiacu e prosa com a turma da Livraria Folha Seca. Tudo isso, claro, devidamente registrado em sua conta no Instagram.

Porque o Rio que lhe deu alcunha, hoje tão distinto e desdenhado, viceja aqui e ali. Para além dos vaticínios, das predições de morte. Proferidas quase sempre pelas mesmas pessoas: aquelas que, ao contrário do que ele fez por toda a vida, não circulam pela cidade.

Rua do Ouvidor, 37

Rodrigo Ferrari era um jovem estudante de História quando, em meados da década de 1990, foi trabalhar numa das principais livrarias cariocas da época. Gênese de um conceito que mais tarde seria abraçado pela Travessa, a Dazibao tinha lojas em Ipanema, em Botafogo e no Largo do Machado, além de uma sala no Centro Municipal de Arte Hélio Oiticica. Foi nessa pequena dependência, situada no coração da Praça Tiradentes, que Rodrigo se formou livreiro. Quando a Dazibao decidiu fechar a sala, em 1998, ele já estava definitivamente arrebatado pela profissão. Em sociedade com a amiga Daniela Duarte, topou assumir o espaço, que foi rebatizado de Livraria Folha Seca.

O nome homenageava o chute cheio de efeito inventado pelo jogador Didi, meio-campo do Botafogo, do Fluminense e da Seleção Brasileira. Evocava, também, o célebre samba de Nelson Cavaquinho e Guilherme de Brito, aquele cujos versos prestam tributo à Estação Primeira de Mangueira. As duas referências eram uma chave para o recorte temático proposto pela nova casa:

o futebol, a música brasileira, o Rio de Janeiro. Paixões do Rodrigo, que ele carreou para o projeto.

A Folha Seca funcionou no Hélio Oiticica por seis anos. Em 2003, um frequentador comentou com Rodrigo e Daniela que tinha visto um ótimo sobrado com placa de aluguel na Rua do Ouvidor. O desejo de abrir uma loja de portas voltadas para a rua era alimentado pela dupla já havia algum tempo e rapidamente o negócio andou.

Inaugurada sem grandes pompas no novo endereço, a Folha Seca foi aos poucos se consolidando como parada obrigatória para pesquisadores da história do Rio, do samba, das brasilidades. Um ponto de encontro para conversas sobre esses e outros assuntos. Do livro recém-lançado à última rodada do campeonato, da conjuntura política ao resultado do jogo do bicho.

Quando a gente pensa no balcão de uma livraria, em geral a imagem que nos vem é de uma compra sendo efetuada. Na Folha Seca, é diferente. Seu balcão remete aos dos melhores bares. Pela cerveja que enche os copos americanos, logo esvaziados, mas sobretudo porque a troca que ali se dá não é financeira. Trocamos ideias, risadas, afetos. Um raro momento em que o dinheiro importa quase nada.

E é preciso lembrar: a Folha Seca ajudou a transformar completamente uma área que se encontrava em franca decadência. A outrora majestosa Ouvidor, a quem Joaquim Manuel de Macedo se referia como "a mais passeada e concorrida, e mais leviana, indiscreta, bisbilhoteira, esbanjadora, fútil, noveleira, poliglota e enciclopédica de todas as ruas", andava deserta, sem vida. Fiel à sua vocação musical, a livraria começou a promover rodas de samba e choro, e progressivamente a região voltou a ser ocupada. Ganhou a cidade, ganhamos nós.

Depois de algum tempo, Daniela foi trabalhar como editora e Rodrigo, que todo mundo só chama de Digão, passou a tocar o negócio sozinho. Na essência, nada mudou. O caricaturista Cassio Loredano continua batendo ponto lá, assim como o historiador Luiz Antonio Simas, o bandolinista Pedro Amorim, os jornalistas Ruy Castro, Álvaro Costa e Silva e Pedro Paulo Malta, a flautista Andrea Ernest Dias, o compositor Hermínio Bello de Carvalho, a escritora Heloisa Seixas, o violonista e arranjador Maurício Carrilho. Eles e uma miríade de leitores ávidos por ensaios, romances, biografias, seletas de poemas, contos e crônicas — ou apenas algumas horas de prosa, um intervalo na correria cotidiana.

Em 2024, a livraria completou vinte anos no número 37 da Ouvidor. Duas décadas em que se entranhou profundamente nas nossas vidas. Gestou uma editora, um time de futebol, amizades que redundaram em canções, filmes e livros, muitos livros. Eu não poderia escrever minha história sem falar do que passei, e passo, dentro daqueles trinta metros quadrados que são um universo inteiro.

Foi o primeiro lugar que minha filha Lia, ainda bebê, visitou. Sua primeira saída de casa. Aos nove anos, ela volta e meia ainda pinta por lá. Entra na loja e logo sobe para o mezanino, onde ficam as obras voltadas para as crianças. Lia costuma dizer que a Folha Seca é a "minha" livraria. Respondo que "minha" é um termo restrito demais para um lugar como a Folha. Ali o pronome pede o plural, sempre. Rodrigo imaginou uma Pasárgada carioca e esse sonho agora é nosso.

Mulher ao sol

O sol brando tornava menos árdua a caminhada sob uma temperatura de minguados sete graus. Não me lembro em qual rua estava, só que era próxima à Calle Jorge Luis Borges, que liga o centro de Buenos Aires a Palermo Soho. A Calle Borges desemboca na Plaza Julio Cortázar. Nunca entendi por que não há, na esquina entre as duas, uma placa com o nome de cada escritor para saudar esse esplêndido encontro.

Carregava uma bolsa com livros comprados pouco antes. Uma novela de Mario Levrero, o diário de viagem feito por Adolfo Bioy Casares em sua visita ao Brasil, em 1960, e *Las cosas menores*, romance de estreia da argentina Giuliana Megale Rocco. A ideia era almoçar num restaurante ali perto, bem recomendado pelo seu corte de *vacío* (a nossa fraldinha, com sotaque castelhano).

As calçadas ainda transpiravam a chuva de algumas horas antes, mas o sol ganhara a contenda. Se as férias são capazes de restaurar a errância que quase sempre perdemos no correr dos dias, aquele era um começo de tarde radiante. O frio arrefecera, as ruas ofertavam uma amabilidade rara, dourada pelo quase silêncio da segunda-feira. Todos trabalhavam, menos eu — e essa extravagância me deixou à beira da soberba.

Digressões à parte, era preciso encontrar o tal restaurante. E se parei por um momento, foi justamente para checar o melhor trajeto até lá. Estava a sete minutos, me informou o Google Maps. Bastava andar por mais três quarteirões. Já havia guardado de volta o celular no bolso quando, ao levantar levemente a cabeça, notei a mulher à janela.

O prédio branco, de arquitetura banal, tinha duas colunas num cinza escuro que demarcavam o espaço das esquadrias em cor marrom. Eram três faixas, cada qual divisada pelas vidraças das janelas, também em número de três. Sobre a fachada, projetava-se a sombra de uma árvore quase seca, mas não a ponto de encobrir o tênue amarelo do outono. Como uma intrusa, a caligem dos galhos estendida na banda esquerda da parede reivindicava sua participação naquela cena, me obrigando a fixar a atenção sobre cada partícula da imagem, para além do plano geral. Foi o que fiz.

Havia somente uma janela aberta, mesmo assim em parte. Com seus setenta, quem sabe oitenta anos, a mulher ocupava a fresta direita da moldura. Os outros dois compartimentos estavam cobertos pela cortina. Um cachecol colorido protegia o pescoço; sobre a camisa ela vestia um casaco preto. Mantinha as mãos apoiadas no parapeito, semicerradas, e a fronte, altiva, voltada para o sol. Pelo menos durante o tempo em que fiquei ali, seus olhos não chegaram a se abrir.

A réstia mais intensa da luz se centrava sobre o rosto, como uma máscara que recorta, na superfície opaca, o viço da expressão. Talvez pensasse, a mulher, sobre a filha tão amada e hoje distante.

A neta que quase não vê. Talvez o marido que partiu, deixando a solidão tomar os cômodos do apartamento. O eco de uma alegria antiga, um desalento que voltou a boiar. Ou nada disso. A filha, sim, enredada pelo trabalho. A neta na faculdade, debruçada sobre os livros de Direito, Medicina ou Belas Artes. O marido estirado na cama do quarto, prostrado pela preguiça pós-almoço, numa quietude rara. Os bisnetos, se há bisnetos, às voltas com o tablet.

"Talvez" é uma expressão ardilosa, escorregadia. No registro em espanhol, divide-se em duas palavras — "tal vez" — e essa pequena pausa, esse vazio entre os termos, abre um breve intervalo para a cogitação. É possível que a mulher à janela estivesse apenas mergulhada em si mesma, fazendo amizade com o sol, experimentando cada sentido em seu tempo mais íntimo, roçando a própria pele na pele do mundo. Talvez fosse assim, eu supus, e então parti rumo ao restaurante.

O misterioso sumiço do Galo de Botafogo

A conversa começou no Esquina do Gabiru, o pé-sujo que, devido às grades que o rodeiam, rebatizamos de Bangu 2.

— Por onde anda o galo? — perguntou o Zé, enquanto enchia o copo americano.

Seu Manoel, com a serenidade habitual, disse que não o via há tempos. Passou a bola pro Silveira.

— Tá sumidaço. Não senti saudade.

Rapidamente a questão se espraiaria pelas redondezas, de boca em boca, como convém aos assuntos de bairro.

O galo que dominava o papo é um antigo conhecido dos moradores da Álvaro Ramos. Como contei em crônica anterior, vive solto pela rua, impressionando aos passantes pelo porte esbelto, as penas negras e delgadas, acima das quais se destaca uma tonalidade caramelo e a crina em vermelho radiante. É um galináceo ciente da própria beleza.

Até o misterioso desparecimento, seus dias se resumiam aos passeios vespertinos, com a garantia de um leito confortável e seguro no 2º Batalhão de Polícia Militar assim que anoitecia. Nunca se preocupou em acordar cedo. Em geral, cantava ao meio-dia ou depois disso. Desprezava o risco de um atropelamento durante as incursões, assim como a possibilidade de alguém vislumbrar, em seu corpo parrudo, um belíssimo assado — os miúdos, devidamente guardados para a farofa.

Passei a chamá-lo de Galo de Botafogo Oriental, referência que é socioeconômica, não geográfica, e evoca a antiga divisão da Alemanha. Afinal, por muito tempo a região onde eu e ele moramos, hoje cheia de botecos chiques e bistrôs, foi considerada a pior do bairro.

Naquela noite de prosa, saí intrigado de Bangu 2. Decidi, nos dias seguintes, fazer jus ao meu antigo ofício de repórter e perambular pelos arredores tentando descobrir que fim levara o penoso.

Teria sucumbido, enfim, à gana de um famélico? Desencarnado após o baque violento de um carro? Decidido mudar de ares, buscando lugar mais nobre para aproveitar seus dias?

Abordei os porteiros dos prédios, sempre atentos à movimentação externa. Procurei os garçons dos restaurantes, o lixeiro. Fui também ao batalhão, onde um sargento me disse que apenas a assessoria de imprensa da PM poderia se manifestar oficialmente sobre o tema.

Já havia quase desistido quando, no sábado, ao levar minha filha para tomar sorvete, avistei de longe o malandro. Calmamente, cruzava a Rua Oliveira Fausto. Fui atrás.

Mantive uma distância segura para que não percebesse que estava sendo seguido. Ele entrou na Álvaro Ramos, deu uma leve ciscada em frente à banca de jornal, depois atravessou rumo ao batalhão.

Fiquei do lado de fora, à espreita. Pelas grades, fitei sua marcha sobre a grama até o muro lateral. O galo se embrenhou ali, sumiu da vista por alguns instantes, mas logo reapareceu. Já não estava sozinho.

A seu lado, caminhava uma galinha pequenina, de penas muito brancas. Ele parecia ainda mais inflado que o habitual e ela, embevecida como os recém-apaixonados.

Sim, o danado firmou matrimônio.

Sem sair do batalhão, a esposa borboleteou com ele por dois ou três minutos, depois voltaram para o muro. Me aproximei devagar, de modo que não notassem. Então vi o delicado ninho, onde dormiam dois pintinhos amarelos. A família completa na foto.

Corri até Bangu 2 para contar as novidades. Zé, Seu Manoel e Silveira já haviam chegado, é claro. Discorri sobre investigação, a perseguição e a fresquíssima descoberta. Zé, um romântico incorrigível, ficou feliz pelo galo e propôs que brindássemos. Copo ao alto, desejou sorte ao casal. Seu Manoel, concentrado no conhaque, nada falou. O Silveira nem esperou o brinde. Virou a cerveja num gole só, não sem antes proclamar:

— É por isso que não canta mais.

A Odisseia no boteco

O célebre poema *Odisseia* descreve o retorno de Ulisses, herói da Guerra de Troia, à sua terra natal. O regresso a Ítaca se alonga por exaustivos dez anos e, no decorrer do trajeto, ele enfrenta uma sequência de perigos que parece interminável. Por conta da extensão percorrida, e de tantos percalços, o termo "odisseia" passou a nominar qualquer jornada mais demorada, sobretudo se marcada por contornos épicos. Do particular, o sentido se espraiou para o geral. E é aqui que começa outra viagem. Embarcamos na Grécia, vamos desembarcar no Brasil.

Corria o ano de 2005. Eu bebia meu chope num bar de Copacabana quando fui abordado pelo jornalista Bráulio Neto. Ele queria me apresentar ao cantor e compositor Moacyr Luz. O Moa, como é conhecido, também se dedicava na ocasião a derrubar algumas tulipas no tal boteco e havia confessado ao nosso amigo em comum o desejo de publicar um livro. O papo engrenou. Logo soube que guardava dezenas de crônicas então recentemente escritas, todas sobre o universo da boemia.

Daí para o livro, foi um pulo. Assumi o papel de organizador, demos uma guaribada nos textos, juntamos entrevistas com alguns dos mais reluzentes personagens da noite carioca e o craque Jaguar entrou com as ilustrações. Antes que o ano terminasse, tínhamos em mãos o *Manual de sobrevivência nos butiquins mais vagabundos*. Com "u" e "i", na grafia consagrada por Aldir Blanc.

Ao saber do lançamento, o jornalista Álvaro da Costa e Silva me telefonou. Marechal, como todo mundo o chama, comandava o suplemento Ideias, no *Jornal do Brasil*, e havia emplacado uma pauta sobre o livro na editoria Rio. A proposta, segundo me disse, era promover um périplo pelos bares citados nas crônicas. Por questão de zelo com a saúde dos envolvidos, firmamos um total de dez estabelecimentos.

Na semana seguinte, estávamos eu e Moa sentados no Bar Varnhagen quando o Marechal chegou, trazendo a tiracolo ninguém menos que Evandro Teixeira. O genial fotógrafo que registrou as manifestações estudantis de 1968, eternizou imagens de Pelé e Ayrton Senna, além do centenário da saga de Canudos. Foi a senha: o bagulho era sério.

Começamos a beber na mesma hora, salgando a boca, entre um chope e outro, com as pataniscas de bacalhau da casa. Fechada a primeira conta, e num estado etílico ainda sob controle, partimos para o Paulistinha, na Rua Gomes Freire. E de lá para o Paladino. O giro terminou no Bar do Sérgio, antigo armazém de secos e molhados na Rua do Jogo da Bola. A tarde caía lentamente e entornávamos algumas ampolas quando soou a Ave-Maria. A música emanava da igreja vizinha e foi a deixa para concluirmos, no quarto bar, a pretensa série de dez.

Sensato, o Moa pegou o rumo de casa. Já Marechal e eu deliberamos que a circunstância pedia uma saideira. Então lembrei do Bar do Zé, pérola encravada numa ladeira do Catete, onde às quintas-feiras costumava encontrar os amigos. O carro do jornal já tinha partido, seguimos de táxi.

A turma estava na área, como sempre. Cadeiras na calçada, silêncio garantido pela vizinhança pacata, tudo no tom para fechar um dia memorável. Pedimos duas cervejas e o Marechal foi ao banheiro. A conversa progredia tranquila, no ritmo dolente das boas resenhas, quando chegou de volta à mesa. Sem a menor alteração, nos informou que tinha sofrido um assalto. Ele, o João Paulo Cuenca, a Cecilia Giannetti e outros amigos que, por alguns minutos, haviam deixado a área externa e entrado no bar.

Marechal era o único a não demonstrar o menor abalo. Como não carregava celular, ao contrário dos demais, o assaltante lhe pediu o dinheiro. Ao que retrucou:

— Tô liso.

Mostrou a carteira vazia.

— Aqui só tem a foto do meu cachorro, o Ulisses.

Desconcertado e cheio de pressa, o ladrão subiu em sua moto e se mandou. Mas o clima havia azedado. Passamos na delegacia do bairro para fazer o boletim de ocorrência e, finalizada a burocracia, alguém sacou a sugestão: uma saideira de fato, e sem assalto. Afinal, o velho Café Lamas estava a poucos metros.

A noite parecia não ter fim. Encarei dois ou três chopes, mas logo avisei que iria embora. O grupo decidiu ficar. Como já estávamos todos no esquema imagem da Globo e som da Band, antes de sair peguei furtivamente o gravador do Marechal. Ali estava a íntegra da entrevista feita ao longo da tarde. Meti no bolso da calça.

Acordei, ressaqueado, com a ligação do Gustavo de Almeida. Aflito, o editor do JB informava que a matéria programada para o domingo não poderia sair, já que o Marechal não sabia onde estava a fita.

— O gravador está comigo! — anunciei, com o orgulho brilhando de tão lustrado.

— Não, cara. Ele tirou a minifita de dentro do gravador, com medo de perder.

Malandro demais se atrapalha, já diz o ditado. Mas a urgência naquele momento era encontrar a gravação. Telefonamos para o Lamas, para o ponto de táxi que ficava na entrada do bar, para as outras pessoas com quem tínhamos dividido a mesa. Nada.

Eu já lamentava o trabalho perdido quando o celular tocou. Era novamente o Gustavo.

— Achamos! — disse, entre gargalhadas.

— Não acredito! Que maravilha. Onde estava?

— Na carteira do Marechal. Guardada num escaninho com a foto de um cão.

O cachorro Ulisses, que nos salvou mais uma vez, encerrando a epopeia.

Estrela da Vó Guida s/nº

Oi, Vó Guida

Tudo bem?
Pedi para o Pípi escrever essa carta porque ainda não sei escrever direito. Quer dizer, já sei escrever meu nome, que é o L, depois o I, depois o A, e também já sei fazer o nome da Mila, que tem as mesmas letras mais o M, igual ao do Pípi. Você conheceu a Mila, né? É a nossa gatinha. Acho que conheceu, sim. Ela continua fofa, mas preguiçosa, só quer dormir.

O Pípi é o papai, tá? Esse foi o apelido que dei pra ele. A Mími é a mamãe e a Vóvi, minha outra avó. Acho mais legal assim, porque papai é de todo mundo, Pípi é só o meu.

Nem tenho certeza se esta carta vai chegar na sua casa. As estrelas ficam muito longe daqui e não sei em qual delas você mora. Acho que as estrelas deviam ter o nome das pessoas que vivem nelas, porque assim ficaria mais fácil. Mas teria que ser o nome todo, pra não confundir. Porque tem outras pessoas com o nosso nome.

Às vezes, eu olho pro céu e pergunto ao Pípi onde você está agora. Ele já me apontou algumas estrelas diferentes, então acho que também não sabe. Mas uma coisa que ele sabe, e me mostrou na internet, é que existem quatrocentos bilhões de estrelas no universo. Eu achava que eram só umas mil.

Como a gente não tem o endereço certinho, pedi pro Pípi escrever "Estrela da Vó Guida" no envelope.

Mando esta carta porque quando você morreu eu tinha só dois anos e algum tempo passou. Queria te contar das coisas que aconteceram, das coisas que eu gosto, das coisas que eu odeio, como é na escola, como são meus amigos. Queria saber também como é isso de morar numa estrela. E contar uma ideia que eu tive.

Bom, eu gosto de:

- Viajar pra Búzios
- Cocô-de-rato
- Gatocórnios
- Pula-pula
- Luccas Neto
- Glitter
- Tablet
- Morango
- Maquiagem
- Desenhar
- Bolinho Ana Maria
- Piscina

Tem mais coisa, mas preciso falar também do que eu não gosto:

- Acordar cedo
- Purê de batata
- Banho gelado
- Enjoar no carro
- Que riam de mim
- Água com bolinhas
- Pentear o cabelo
- Ficar no escuro
- Dormir cedo
- Coronavírus
- Ovo

Na semana passada, eu fui no aniversário da Antônia. Ela é uma das minhas melhores amigas na escola. Também sou amiga da Rosinha, da Nina e da Alice. Na verdade, são duas Alices, a do colégio e a da creche, que é minha irmã de coração e eu conheço desde que eu era um bebê. Ah, não sou mais bebê, tá? Quando me chamam de bebê, respondo que sou menina grande. Não pode me chamar de bebê se eu não sou bebê. Eu odeio isso. Fico brava.

A escola é muito legal. A gente brinca de manhã, depois almoça, depois tem aula de circo, de inglês e de yoga. E tem lanche, mas vai de casa, na merendeira. O Pípi bota Toddynho, fruta, suco, Club Social, às vezes cenourinha. Ano que vem a escola vai ser a mesma, mas em outro lugar. Aí vou aprender a ler e a fazer conta, se bem que eu já sei um pouco. Sabe quanto é dois mais dois? Quatro. E cinco mais cinco? Dez. Eu consigo contar até cem.

O que mais posso falar? Ah! Da minha casa. Eu tenho duas. A do Pípi e a da Mími. É bom porque assim eu tenho também dois quartos, um em cada casa. Antigamente o Pípi era casado com a Mími. Eles se separaram, não sei se você sabe. Eu não lembro bem de quando eles moravam juntos, mas vi nas fotos do celular. Tem uma comigo, ainda sem cabelo nenhum, no seu colo. Eu não sabia andar. É uma foto tão bonita. Aquele sofá bege onde a gente estava sentada não existe mais, não. O Pípi trocou, agora é um azul.

Eu não gosto quando ele troca as coisas. Preferia o carro velho, o sofá velho. Quando o Pípi tirou o lustre da sala até chorei um pouco, porque queria guardar e ele não deixou. Eu falei que ia botar no meu quarto, que cabia lá, dentro do armário, mas ele deu o lustre pra um moço que a gente nem conhece. Não entendo por que as coisas têm sempre que ir embora.

Até a Catarina, gata da Mími, foi embora. Ela ficou doente, bem magrinha, parou de comer direito, até que um dia morreu.

Vó Guida, como é morrer?

Fiquei muito triste porque a Catarina era, junto da Mila, a minha gata preferida. Mas não precisa ficar triste, não. Ela agora também deve morar numa estrela.

Você por acaso viu a Catarina por aí? Pode mandar um beijo?

O Pípi pediu pra te contar que agora sou sócia do Nense. Tenho até uma carteira, com a minha foto. Ele me disse que você também é Nense. Acho que foi por isso que me deu aquela camisa grandona. Ainda não cabe, só quando eu crescer mais. Já vi o Pípi jogando no Nense com uma camisa igual, lá no Clube dos Macacos. Ele está me dizendo aqui que não jogou no Nense, não, que jogo de amigos é diferente de jogo de jogador mesmo, aquele que passa na televisão. Sei lá.

Foi ele que me falou todas essas coisas, mas o que eu queria mesmo era que você tivesse me falado. Isso de torcer pro Nense, de gostar de praia e de camarão, de usar roupa com brilho, de pintar o cabelo de vermelho. Porque quando você me conheceu eu nem falava, né? Não dava para a gente conversar. E gosto de falar. O Pípi sempre me pergunta se eu engoli um rádio.

Você não devia ter morrido porque eu queria ter as duas avós. Aí eu ia colocar um apelido em você também. Só não sei qual.

Um dia o Pípi perguntou "Você ama a Vó Guida?" e eu fiquei confusa. Eu não sei se te amo. Amo o Pípi, amo a Mími, amo a Vóvi. Amo as gatinhas Mila e Sofia também. E o Tobias, que eu peguei pequenininho pra criar. Mas você, eu não sei dizer. Aí o Pípi me perguntou se eu sei o que significa amar.

Eu respondi que é tipo quando uma pessoa gosta muito muito muito da outra. Sem se apaixonar, porque aí vira namorado. Pensando bem, eu acho que eu te amo, sim. Porque você brincava comigo quando eu era bebê, me pegava no colo, me deu minha primeira boneca, essas coisas. E você é a mãe do Pípi, né?

Outro dia falei uma coisa que ouvi num desenho que eu gosto de ver no YouTube Kids e ele riu à beça. Fiquei com raiva, mas tudo bem. O personagem do desenho gosta de repetir: "Isso não é justo!"

Então.

Não é justo você ter morrido quando eu tinha dois anos, Vó Guida.

E foi por isso que tive a minha ideia, aquela que comentei lá no começo da carta. Não precisa ficar ansiosa que eu já conto.

Eu vou construir um foguete. Vai ser de metal e tijolo, com fogo embaixo, pra pegar velocidade máxima. Com esse foguete, vou visitar todas as pessoas que morreram. As gatas também. Aí eu vou poder saber como você é fora das fotos, vou poder mostrar como agora eu sei desenhar melhor, não falo mais tevelisão nem descalga.

E você vai ver que caíram dois dentes meus e tem um mole, na parte de cima. Pedi ao Pípi pra comer maçã e ver se cai logo, mas ele não deixou. Quando os dentes caem, quer dizer que a gente está crescendo, então eu já cresci duas vezes e ainda vou crescer muito até virar adulta. Aí não vou crescer mais, vou só ficar mais velha. Tem gente que até diminui de tamanho quando fica mais velha. Você continua fazendo aniversário aí no céu?

Eu queria era virar adulta logo. Adulto escolhe quando vai dormir, quando vai almoçar, se vai comer doce ou salgado, se nem vai comer. Criança tem que perguntar tudo. A única coisa chata do adulto é ter que trabalhar. O Pípi e a Mími são jornalistas. Mas eu vou ser veterinária, que nem o Tio Flávio. Veterinária e médica. Quero cuidar dos bichos e das pessoas, de todo mundo. Pra curar as doenças, dar remédio, mas sem injeção. Eu detesto injeção.

Sei que você não morreu por causa de doença. Que foi um ônibus malvado.

Tem ônibus dentro das estrelas, Vó Guida?

Acho que não. Só foguete, né? Ônibus não voa.

Casa eu acho que tem.

O meu foguete vai ser da cor do arco-íris. Eu pedi ao Pípi para ir comigo quando estiver tudo pronto, porque tenho medo de viajar sozinha e ainda não sei dirigir. Tomara que não enjoe no caminho. Se eu ficar vendo tablet na viagem, eu vomito. É horrível vomitar, dá um gosto ruim na boca que nem a água consegue tirar.

Talvez ainda demore um pouco até que ele fique pronto. Não é nada fácil construir um foguete. Enquanto isso, você bem que podia fazer um sinal aí de cima quando perceber que estou tentando encontrar a estrela em que você mora. Sei que não vai dar para ouvir se a gente tentar se falar, minha casa é aqui na Terra, muito longe. Eu já consigo entender essas coisas. Mas ia ser bom saber que é exatamente aquela a estrela da minha Vó Guida. Só para eu olhar pra ela de vez em quando. Promete que vai tentar?

Um beijo da sua neta
Lia

Nota do autor

As expressões que dão nome às duas unidades — "Janelas acesas de apartamentos" e "A cidade foi feita para o sol" — saíram, respectivamente, de textos de Rubem Braga ("O vento que vinha trazendo a lua", de 1990) e Carlinhos de Oliveira ("Chuva e solidão", de 1974).

Agradecimentos

Daniela Name, Fernando Molica, Francisco Jorge, Heloisa Seixas, Henrique Rodrigues, Itamar Vieira Junior, Leonardo Iaccarino, Luiza Mussnich, Marianna Teixeira Soares, Mateus Baldi, Olivia Mendonça, Paula Gicovate, Sérgio Rodrigues e Vagner Amaro.

Esta obra foi produzida em Arno Pro Light 13 e impressa na gráfica Trio Digital para a Editora Malê em dezembro de 2024.